孙宜学◎主编

人间词话

王国维◎著　刘慧萍◎编

朝華出版社
BLOSSOM PRESS

图书在版编目（CIP）数据

人间词话 / 王国维著 ; 刘慧萍编 . -- 北京 : 朝华
出版社 , 2025. 1. -- (启秀文库 / 孙宜学主编).
ISBN 978-7-5054-5557-3

Ⅰ . I207.23
中国国家版本馆 CIP 数据核字第 2024ME8224 号

人间词话

王国维　著

刘慧萍　编

选题策划　黄明陆　李金水
责任编辑　张北鱼
责任印制　陆竞赢　訾　坤

出版发行　朝华出版社
社　　址　北京市西城区百万庄大街 24 号　　　　邮政编码　100037
订购电话　（010）68996522
传　　真　（010）88415258
联系版权　zhbq@cicg.org.cn
网　　址　http://zhcb.cicg.org.cn
印　　刷　三河市龙大印装有限公司
经　　销　全国新华书店
开　　本　920mm×1260mm　1/16　　　　　　字　　数　132 千
印　　张　12
版　　次　2025 年 1 月第 1 版　　2025 年 1 月第 1 次印刷
装　　别　精
书　　号　ISBN 978-7-5054-5557-3
定　　价　45.00 元

"启秀文库" 编委会

总 策 划　黄明陆

执行策划　李金水

主　　编　孙宜学

副 主 编　陈曦骏

编　　委　（按姓氏笔画排序）

万　平	马骅	王　圣	王应槐	王奕鑫
王福利	尹红卿	白云玲	刘莹莹	刘慧萍
关慧敏	江晓英	花莉敏	杜凤华	李慧泉
杨　雪	肖玉杰	吴留巧	邱小芳	余　杨
宋沙沙	张　莹	张艳彬	张晓洪	张婷婷
陈宇薇	林萱素	易　胜	罗诗雨	胡健楠
段晨曦	徐长青	殷珍泉	陶立军	曹永梅
董洪良	韩　榕	端木向宇	谭凌霞	

封面题签　赵朴初

总序

　　中国传统文化经典作品是中国智慧的结晶和集中体现，源于中国人的生存智慧、生命智慧，是一代代中国人对天地万物、时序经纬的心灵感悟和提炼总结，已成为人类精神文明的宝贵财富。至今，这些作品仍能释日常生活之惑、解亘古变化之谜，为世界的未来提供中国范式。

　　中国和世界需要既包蕴中国传统文化精髓，又能真实反映新时代中国文化新发展、新概念的中国传统文化经典著作，这样的著作应具备以下特点：

　　1. 兼具知识的广度与理论的深度。能撷取中华优秀传统文化的精华，体现中国人的思维方式和中国文化特质，同时具有内在的理论逻辑，集知识性、系统性、科学性于一体。

　　2. 兼具学术的高度和历史的维度。能讲清楚"何谓'文'""何谓'化'"和"何谓'文化'"，并立足于中国和世界文化发展史，以中国传统文化典籍为历史线索，阐释、勾勒出中国文化发展历史的昨天、今天和明天。引导读者通过中国文化内涵的特殊性和普适性元素了解中国文化如何不断推陈出新，中国智慧如何不断博观约取、吐故纳新。

　　3. 兼具精准的角度和客观的态度。能基于读者的客观诉求、阅读习惯和审美习惯，充分发掘和利用中国的地域、经济和文化特点，全面深入研究中国文化资源，保证经典著作能"贴近不同区域、不同国家、不同群体受众"，更直接有效地"推进中国故事和中国声音的全球化表达、区域化表达、分众化表达"。

4. 兼具多元的维度与开放的幅度。能基于世界阅读中国的目标，从中外文化互鉴视角，成为世界文化多维度交流互鉴的载体和可持续阐释的源文本。

我们选编这套"启秀文库"，即因此，并为此。中国人阅读这些作品，可以学会更好地生活；外国人阅读这些作品，可以了解和理解中国人的美好生活是一种什么样的历史形态。中外读者共同汲取其中的智慧，可以知道如何建设一个和谐美丽的世界，以及未来的世界会如何美好。

伟大的经典作品，都是为了将日常的生活变得更加美好。在建设"人类命运共同体"的今天，中国文化的精神滋养不应只培育中华民族子孙的天下情怀，还应引导世界人民学会欣赏中国之美、中国之魂、中国之根，在促使世界更深刻理解中国的历史和当代的同时，实现不同民族文化的和谐相处、共生共进。

在中华民族开启向第二个百年奋斗目标进军的新征程之际，中国文化发展也必将进入一个新阶段。这套丛书的时代价值，在于其将"中华文化感召力、中国形象亲和力、中国话语说服力、国际舆论引导力"融入编写、注释和诠释的全过程，从而使传统文化经典作品更能适应新时代，更有能力承载与传播中华文化精髓，向世界讲好中国故事。

孙宜学

2024 年 7 月

于同济大学

　　《人间词话》是著名国学大师王国维所著的一部文学批评著作。作于1908—1909年，最初发表于《国粹学报》。

　　在《人间词话》中王国维根据其文艺观，把多种多样的艺术境界划分为三种基本形态："上焉者，意与境浑；其次，或以境胜；或以意胜。"他较为科学地分析了"景"与"情"的关系和产生的各种现象，在中国文学批评史上第一次提出了"造境"与"写境"、"理想"与"写实"的问题。也就是西方由来已久的"浪漫派手法"和"写实派手法"。

　　他结合美学、艺术等方面论说了"造境"与"写境"互相结合的创作方法。"二者颇难分别，因大诗人所造之境必合乎自然，所写之境亦必邻于理想故也。"自然与理想熔于一炉，"景"与"情"交融成一体。"所造之境必合乎自然"，虽"如何虚构之境，其材料必求之于自然，而其构造，亦必从自然之法则"。写诗作文，能创造出这种"意与境浑"的境界，便是上等的艺术境界，无疑给创作者树立了一个标杆。为更进一步解说如何达到这种境界，他也在本书里做说明，比如：文艺创作必有取舍，有主观理想的注入；而虚构或理想，总离不开客观的材料和基本法则。

　　《人间词话》是王国维接受西洋美学、文艺思想之后，对中国旧文学所作出的带有革新色彩的评论。文中多用半白话文，以达到通俗易懂的效果，将诗词所蕴含的美和寓意广泛地介绍给世人。结合来看，《人间词话》不仅是接受西方思想的先行之作，也对后来的白话文运动起到了一定的引导作用。在今天来看，它具有划时代的意义。词论界里一直以来，将《人间词话》奉为圭臬，他们称其为晚清以来最有影响的作品之一。

朱光潜在《诗的隐与显——关于王静安的〈人间词话〉的几点意见》一文中说："近二三十年来，就我个人所读过的来说，似以王静安先生的《人间词话》为最精到。"王攸欣在《选择·接受与疏离——王国维接受叔本华、朱光潜接受克罗齐美学比较研究》一书中说："王国维寥寥几万字的《人间词话》和《红楼梦评论》比朱光潜洋洋百万字的体系建树在美学史上更有地位。"

本书主要以王国维原稿（六十四则）为基础。为了尽显词作之美和继承发扬中国传统文化，我们在编辑时，结合王国维所写，加入各位名家的评注，以便读者更加明了其中韵味。另外我们加入了他的删稿（四十九则，依据 1960 年人民文学出版社出版的《蕙风词话·人间词话》整理），以及滕咸惠为《人间词话》作注时补录的王国维词论（十三则），力求展现王国维对经典的研习和解读。编辑时，我们还参考了一些前俊、时贤的研究成果，在此一并致以衷心的感谢！

编者

2024 年 8 月

目录

人间词话本编(六十四则) ……………… 1

人间词话删稿(四十九则) ……………… 92

人间词话补录(十三则) ……………… 153

结　语……………………………… 172

附　录……………………………… 173

王国维生平年表 ……………… 174

王国维小传 ……………… 179

王国维遗书 ……………… 181

海宁王静安先生纪念碑铭文…… 182

《人间词话》卷首题诗

戏效季英作口号诗

王国维

舟过瞿塘东复东，竹枝声里杜鹃红。
白云低渡沧江去，巫峡冥冥十二峰。

朱楼高出五云间，落日凭阑翠袖寒。
寄语塞鸿休北度，明朝飞雪满关山。

夜深微雨洒帘栊，惆怅西园满地红。
秾李夭桃元自落，人间未免怨东风。

双阙凌霄不可攀，明河流向阙中间。
银灯一队经驰道，道是君王夜宴还。

雨后山泉百道飞，冥冥江树子规啼。
蜀山此去无多路，要为催人不得归。

十年肠断寄征衣，雪满天山未解围。
却听邻娃谈故事，封侯夫婿黑头归。

人间词话本编（六十四则）

* 《人间词话》从 1908 年始，以三期连载于《国粹学报》，为王国维手定本，凡六十四则。本次选编所据版本为 1960 年人民文学出版社出版的《人间词话》（《蕙风词话·人间词话》）。

【一】

词^①以境界为最上。有境界则自成高格，自有名句。五代、北宋之词所以独绝者在此。

注释

① 词：产生在初唐，在中唐以后流行起来的一种新诗体，多为和歌而作，代指那些可以和乐歌唱的诗。唐代称当时流行的杂曲歌词为"曲子词"，后来简称为词。

译文

评论诗词以有境界为最高标准。一首词要是有境界，自然会有名句在词作之中。这也正是五代和北宋期间的词之所以独到绝妙的地方啊。

评注

罗钢《意境说是德国美学的中国变体》：王国维的"意境"说所包含的正是一种以"康德叔本华哲学"为基础的、在中国诗学史上从未有过的"新"的诗学话语。

顾随《倦驼庵稼轩词说·自序》：若高致之显于作品之中也，则必有藉乎文字之形、音、义与乎三者之机用。是以古之合作，作者之心、力既常深入乎文字之微，而神致复能超出乎言辞之表，而其高致自出。

唐圭璋《评〈人间词话〉》：予谓境界固为词中紧要之事，然不可舍情韵而专倡此二字。境界亦自人心中体会得来，不能截然独立。

【二】

有造境，有写境，此理想与写实二派之所由分。然二者颇难分别，因大诗人所造之境必合乎自然，所写之境亦必邻于理想故也。

译文

境界有"造境"和"写境"两种，比如西方"理想派"和"写实派"也是由此区分的。但两种境界比较难以分别，因为伟大的诗人通过想象所构造出来的境界，必然是要与现实生活相符合的，而通过写实所描摹出来的境地，也必定是接近于理想化的。

评注

黄保真《王国维"境界说"的内涵及层次》：王国维所说的"造境"是按照"理想"的模式虚构的艺术境界。他所说的"理想"是"美的预想"（石冲白译作"预期"，缪灵珠译作"预料"）。

李建中、秦李《人间词话》：王国维的睿智和独到之处，是不对这两派做严格的区分，而是来一个中和，将这两种相互对立的文艺思潮辩证地叠合在一起。

饶宗颐《〈人间词话〉平议》：王氏论境，有造境及写境，即理想与写实二派之别，其说颇韪。试以画喻。写境如写生画，造境如文人画。夫心固有借于外境，境随心生，同一之外境，各人之心不同，所得之境亦因之有异。

【三】

　　有有我之境，有无我之境。"泪眼问花花不语，乱红飞过秋千去。""可堪孤馆闭春寒，杜鹃声里斜阳暮。"①有我之境也。"采菊东篱下，悠然见南山。"②"寒波澹澹起，白鸟悠悠下。"③无我之境也。有我之境，以我观物，故物皆著我之色彩。无我之境，以物观物，故不知何者为我，何者为物。古人为词，写有我之境者为多。然未始不能写无我之境，此在豪杰之士能自树立耳。

注释

　　① 秦观《踏莎行》："雾失楼台，月迷津渡，桃源望断无寻处。可堪孤馆闭春寒，杜鹃声里斜阳暮。驿寄梅花，鱼传尺素，砌成此恨无重数。郴江幸自绕郴山，为谁流下潇湘去！"

　　② 出自陶潜《饮酒诗》第五首。

　　③ 元好问《颍亭留别》："故人重分携，临流驻归驾。乾坤展清眺，万景若相借。北风三日雪，太素秉元化。九山郁峥嵘，了不受陵跨。寒波澹澹起，白鸟悠悠下。怀归人自急，物态本闲暇。壶觞负吟啸，尘土足悲咤。回首亭中人，平林澹如画。"

译文

　　（从创作的主体关系上看）境界有"有我之境"和"无我之境"两种。譬如：欧阳修《蝶恋花》词中"泪眼问花花不语，乱红飞过秋千去"之句、秦观《踏莎行》词中"可堪孤馆闭春寒，杜鹃声里斜阳暮"之句，都是属于"有我之境"；而陶潜《饮酒》诗中"采菊东篱下，悠然见南山"之句、元好问《颍亭留别》诗中"寒波澹澹起，白鸟悠悠下"之句，则都是属于"无我之境"。"有我之境"是站在作者本人的角度去观察认识事物，借物抒怀，所以事物全部显现出作者本人对事物修饰的色彩。"无我之境"则是站在事物的角度去观察认识事物，物我两相忘，最后都分不清哪里是作者，哪里是事物了。古人作词，一般写"有我之境"的比较多，但并不是说就无人能写"无我之境"，这在豪迈杰出的人当中自然能够得到完成。

评注

叶嘉莹《人间词话：叶嘉莹讲评本》：他所说的"有我之境"，原来乃是指当吾人存有"我"之意志，因而与外物有某种对立之利害关系时之境界；而"无我之境"则是指当吾人已泯灭了自我之意志，因而与外物并无利害关系相对立时的境界。

温儒敏《王国维文学批评的现代性》：其实"有我""无我"只是相对而言。只要是具有审美特性的意境（境界），都无不渗透着作者的主观（情感）因素，都是"有我"的。王国维讲"有我""无我"，不过是指主观（情感）因素在创作中的显隐之别，强弱之别。

朱光潜《诗的隐与显——关于王静安的〈人间词话〉的几点意见》：我以为与其说"有我之境"和"无我之境"，不如说"超物之境"和"同物之境"。

姜耕玉《新诗的现代意识与母语意识》：西方诗歌的内外世界的呈现模式，注重内心的真实摹写，通于"有我之境"。而汉语诗歌意境的物我交融的抒情模式，则又在内心情感外面罩上一层雾纱，构成曲径通幽、氤氲荡漾的灵境。"无我之境"，更能体现中国诗画意境创造的艺术功力。

【四】

无我之境，人惟于静中得之。有我之境，于由动之静时得之。故一优美，一宏壮也。

译文

要写出"无我之境"，词人只有在超脱世俗、散淡静谧的心境中才能得到。要写出"有我之境"，词人却须在强烈情感的激荡下，保持一种平静的心态去抒发才能得到。所以，前者显得优美，后者显得宏壮。

评注

苏缨《人间词话精读》："无我之境"之所以"优美"，因为它"惟于静中得之"，来自于悠然的观赏，而"有我之境"之所以"宏壮"，因为它是"于由动之静时得之"。先受到巨大的震撼，再由震撼转入沉静。

聂振斌《王国维美学思想述评》：从本质上说，优美与宏壮都是超功利的，都美在形式。它们的不同，主要在于构成的因素、样式、作用等方面，各有自己的特点。

周振甫《〈人间词话〉初探》：说"静中得之"，因为诗人写直观中的感受，心情是平静的。说"由动之静时得之"，因为诗人写强烈的感情，那时的心情先是激动的，但诗人写诗时，往往在心情由激动而归于平静的时候。

【五】

自然中之物，互相关系，互相限制。然其写之于文学及美术中也，必遗其关系、限制之处。故虽写实家，亦理想家也。又虽如何虚构之境，其材料必求之于自然，而其构造，亦必从自然之法则。故虽理想家，亦写实家也。

译文

自然界中的万事万物，都是互相联系，互相限制的。然而将它们体现在文学或美术作品当中，必定要抛开这些联系和限制的地方。所以说，写实家其实也是理想家。另外，不管怎么去虚构出一种境界，它所用的这些材料，又必然来自现实中的自然界，而且其中的构造还必须遵从自然界的法则。所以说，理想家其实也是写实家。

评注

汤大民《王国维"境界"说试探》：这个论断既强调了艺术形象与自然的共同性，又承认艺术形象不同于自然的特殊性。

张志建、薛载斌、张暄、丁秀琴《王国维学术思想研究》：王国维所谓的"遗其关系限制之处"，其内涵是说，一切物体在表达"理念"的过程中，必然受到艺术天才的"补助"作用，所以，这种"美之预想"的作用力，使得被观照的一切对象（包括心理的感情）全部脱离了自身在现实世界中的诸种联系（包括与前后世界在时空上的各种联系），进而以完全的形式呈现给（如俄国形式主义者使用的"突出"一词）审美感官。

金开诚《〈人间词话〉的"境界说"》：王国维所说的自然之物写之于文学及美术中"必遗其关系限制之处"，确实是一种重要的艺术提炼、概括的方法，当然，所谓"遗其关系限制之处"，并非把事物孤立起来加以描写，只不过是说为了突出事物的某一特征和某种联系，而撇开其余的属性和其余的联系而已。

【六】

境非独谓景物也，喜怒哀乐，亦人心中之一境界。故能写真景物、真感情者，谓之有境界①。否则谓之无境界。

注释

①有境界：包括有我之境、无我之境。

译文

我所谓的"境"，并非单指景物（一种），喜怒哀乐（无论哪一种），都是人们心中的境界。所以，能写真景物、真感情的，就叫有境界，否则就是无境界。

评注

钱志熙《唐诗境说的形成及其文化与诗学上的渊源——兼论其对后世的影响》：其实，诗学的境说源出佛学的境论，佛学之境，原本就包括各种事物界、意识界两方面。王国维说喜怒哀乐，亦人心中之一境界。这原是佛教境界中的常识之义。

沤盦《沤盦词话》：能写"真景物"者，无不有"真性情"流露其间；能写"真性情"者，亦无不有"真景物"渲染于外。

心物一境，内外无间，超乎迹象，而入乎自然化境。自然化境者，词中最高之境界。

冯友兰《中国近代美学的奠基人——王国维》：这里所说的景就是一个艺术作品所写的那一部分自然，称之为景，是对情而言。对情而言而曰景，对意而言是谓之境，这条是说一个艺术作品还要表达一种情感。意、境、情三者合而为一，浑然一体，这才成为一个完整的意境。

【七】

"红杏枝头春意闹"①，著一"闹"字而境界全出。"云破月来花弄影"，著一"弄"字而境界全出矣。

注释

① 宋祁《玉楼春》(春景)："东城渐觉风光好，縠皱波纹迎客棹。绿杨烟外晓寒轻，红杏枝头春意闹。浮生长恨欢娱少，肯爱千金轻一笑。为君持酒劝斜阳，且向花间留晚照。"

译文

宋祁《玉楼春》词中有"红杏枝头春意闹"的句子，仅仅使用了一个"闹"字，整首词的境界便全都出来了。张先《天仙子》词中有"云破月来花弄影"的句子，仅仅使用了一个"弄"字，整首词的境界也全都出来了。

评注

李建中、秦李《人间词话》：炼字虽然有很强的技巧性，但仍然要使写出来的东西顺乎自然，正所谓"清水出芙蓉，天然去雕饰"。只有这样的作品，才能算得上是好作品。如果仅仅雕琢就会显得做作，也就算不得有什么境界了。

彭玉平《"借古人之境界为我之境界"——王国维"三种境界"说新论》：王国维矜为大诗人之"秘妙"所在，其实正落实在虚静的心理状态上，因为虚静，所以能捕捉"须臾之物"，这种文学功夫正需要长期之修养才能获得。

范宁《关于境界说》：为什么一个闹字就能闹出境界来？黄蓼园说："浓丽，春意闹三字尤奇辟。"要是改作"红杏枝头春意浓"怎么样，意思差不多，浓字的确不如闹字好。《花间集》卷六和凝《菩萨蛮》有一句"暖觉杏花红"，这暖字可以引起热闹的感觉，但如果说"春意暖"也还不好，太抽象了。只有闹字才表现花争吐艳，心境波摇，具体而生动。

【八】

境界有大小，不以是而分优劣。"细雨鱼儿出，微风燕子斜"，何遽①不若"落日照大旗，马鸣风萧萧"？"宝帘闲挂小银钩"，何遽不若"雾失楼台，月迷津渡"也？

注释

①何遽（jù）：怎么就，表示反问。遽，助词，犹遂也。

译文

境界有大有小，但不能根据它来区分优劣。譬如：杜甫《水槛遣心》诗中的"细雨鱼儿出，微风燕子斜"虽是小境界，诗的意象之美怎么就不如他《后出塞》诗中"落日照大旗，马鸣风萧萧"的大境界呢？秦观《浣溪沙》词中的"宝帘闲挂小银钩"虽是小境界，词的意象之美怎么就不如他《踏莎行》词中"雾失楼台，月迷津渡"的大境界呢？

评注

杨柏岭《晚清民初词学思想建构》：所谓"境界有大小，不以是分优劣"，所谓"太白纯以气象胜"等，皆是重视空间感而淡化节奏、神韵等时间观念的反映。

佛雏《〈人间词话〉五题》：境界的小与大，优美与壮美，反映不同的生活（包括自然）形象与意蕴，予人们以不同的审美享受，各有其"美"的特质，但同属"美"的范畴，故一般地讲，不能以优劣分。而且，境界大小或美壮之间，并无不可逾越的鸿沟，"壮"中不能无"美"，"美"中亦可含"壮"，如同前人说的："壮语要有韵，秀语要有骨。"它们往往相互渗透、转化。

徐复观《王国维〈人间词话〉境界说试评》：按写景之大小，各因诗人当时的所遇。从这点说，是不应以此而分优劣的。但大小景的把握，关系于作者的胸襟气度，所以古今能写小景者多，能写大景者少。

【九】

严沧浪《诗话》①谓："盛唐诸公（诗话"公"作"人"）唯在兴趣，羚羊挂角，无迹可求。故其妙处，透澈（"澈"作"彻"）玲珑，不可凑拍（"拍"作"泊"）。如空中之音，相中之色，水中之影（"影"作"月"），镜中之象，言有尽而意无穷。"

余谓：北宋以前之词亦复如是。然沧浪所谓兴趣，阮亭②所谓神韵，犹不过道其面目，不若鄙人拈出"境界"二字，为探其本也。

注释

① 严沧浪：严羽，字仪卿，一字丹邱，自号沧浪逋客，南宋诗论家，著有《沧浪诗话》（古代诗歌理论和诗歌美学著作），这里简作《诗话》。

② 阮亭：王士禛（1634—1711），字子真，一字贻上、豫孙，号阮亭，别号渔洋山人，著有《衍波词》及词话《花草蒙拾》。清初杰出诗人，为一代诗界宗匠，与朱彝尊并称"南朱北王"。

译文

南宋的严羽在他的《诗话》里说过："盛唐诸人，惟在兴趣。羚羊挂角，无迹可求。故其妙处，透彻玲珑，不可凑泊。如空中之音，相中之色，水中之月，镜中之象，言有尽而意无穷。"我说：北宋以前的词，也是这样的。但严羽所说的"兴趣"，王士禛所说的"神韵"，都只是说出了诗词的表面所指而已，不如我拈出的"境界"二字，为的是直接探求其根本啊。

评注

苏缨《人间词话精读》：《人间词话》是一部对话之书，许多议论都是针对前辈或同辈名家有的放矢。这一章便在赤裸裸地借贬低他人以抬高自己，说无论严羽提出的兴趣说，抑或王士禛（禛）提出的神韵说，仅仅隔靴搔痒而已，只有自己提出的境界说才是直探本源。王国维幸而已经成为前辈大师，幸而并未生活在我们身边，否则以这样的言论姿态，一定会招致所有人的厌恶。

林继中《情志·兴象·境界——传统文论之重组》：与严羽"兴趣"说、王士禛"神韵"说相比，"境界"的确更周密，更能提纲挈领地体现文学的特殊性。

唐圭璋《评〈人间词话〉》：严沧浪专言兴趣、王阮亭专言神韵，王氏专言境界，各执一说，未能会通。王氏自以境界为主，而严、王二氏又何尝不各以其兴趣、神韵为主？入主出奴，孰能定其是非？要之，专言兴趣、神韵，易流于空虚；专言境界，易流于质实。合之则醇美，离之则未尽善也。

【十】

太白①纯以气象胜。"西风残照，汉家陵阙"，寥寥八字，遂关千古登临之口。后世唯范文正②之《渔家傲》③、夏英公④之《喜迁莺》⑤，差足继武，然气象已不逮矣。

注释

①太白：李白（701—762），字太白，号青莲居士。祖籍陇西成纪（今甘肃秦安东）。唐朝大诗人。

②范文正：范仲淹（989—1052），字希文，谥文正，北宋著名政治家、文学家。其古文名著有《岳阳楼记》《严先生祠堂记》等。

③范仲淹《渔家傲》（秋思）："塞下秋来风景异，衡阳雁去无留意。四面边声连角起。千嶂里，长烟落日孤城闭。浊酒一杯家万里，燕然未勒归无计。羌管悠悠霜满地。人不寐，将军白发征夫泪。"

④夏英公：夏竦（984—1050），字子乔，曾为宰相，封英国

公。北宋词人。

⑤夏竦《喜迁莺》："霞散绮，月沉钩。帘卷未央楼。夜凉河汉截天流，宫阙锁清秋。瑶堦曙，金茎露。凤髓香盘烟雾。三千珠翠拥宸游，水殿按《凉州》。"

译文

李白的诗作，纯粹依靠整体风貌和格局取胜。他在《忆秦娥》词中写道"西风残照，汉家陵阙"，寥寥八个字，就让千百年来登临者闭上了口。后世只有范仲淹的《渔家傲》和夏竦的《喜迁莺》，勉强可以追随他的足迹，但在气势和景象方面却已是赶不上了。

评注

叶嘉莹《人间词话：叶嘉莹讲评本》："气象"二字除了指作品中不同之精神与意象以外，原来还有兼指规模之意。太白之所以被称为"纯以气象胜"，便正因为其"西风残照，汉家陵阙"两句，所表现的精神与意象既然都极为寥廓高远，而其时间感与空间感所呈现的规模也极为宏大的缘故。

李铎《论王国维的"气象"》：范、夏之所以气象不逮是因为他们的诗句都缺乏超脱的精神，这不仅仅是作品的问题，关键还在于诗人本身，在于诗人对宇宙人生的态度，在于诗人的"气"，这"气"便是连接诗人和外物的纽带，是诗人的生命。在作品中，这股浩然之气便凝聚在境界中，并引发读者的"气"，所以可以把"气象"看作诗人生命力在作品中的显现。

陈兼与《〈人间词话〉述评》：文章之气象，亦犹人之风度，高下不可度越。惟是太白之《菩萨蛮》《忆秦娥》二词发现较晚，来路不明，前人已疑其伪，意者当为五代人所作而托名者，先生竟信为太白作，何耶？

【十一】

张皋文①谓"飞卿②之词,"深美闳约"③。余谓:此四字唯冯正中④足以当之。刘融斋⑤谓:"飞卿精艳绝人。"⑥差近之耳。

注释

①张皋文:张惠言(1761—1802),字皋文,江苏武进人。清代经学家、词人、词论家。

②飞卿:温庭筠(812—866),原名岐,字飞卿。太原人。唐代著名诗人、词人。

③张惠言《词选叙》:"唐之词人,温庭筠最高,其言深美闳约。"

④冯正中:冯延巳(903—960),又名延嗣,字正中,南唐词人。其词集名《阳春集》。

⑤刘融斋:刘熙载(1813—1881),字伯简,号融斋。江苏兴化人。清代学者。有文论名著《艺概》。

⑥刘熙载《艺概·词典概》:"温飞卿词精妙绝人,然类不出乎绮怨。"

译文

张惠言评论说:"唐代温庭筠的词深美闳约。"我说:这四个字只有南唐冯延巳的词才足以担当起。刘熙载说:"温庭筠的词精艳(妙)绝人。"这个评论是差不多接近的。

　　罗钢《王国维的"古雅说"与中西诗学传统》：常州词派张惠言以比兴寄托论词，他认为温庭筠的词继承了屈原《离骚》香草美人的比兴传统，故称其词"深美闳约"。王国维不满张惠言以槌幽凿险的方式探讨词中的微言大义，而信从刘熙载的词品论，所以赞同刘熙载的见解。

　　龙榆生《选词标准论》：温词情致之婉美，结构之精密，词藻之清艳，的是出色当行；而张氏必欲以《风》《骚》体格附益之，即为此体开山作祖，未免涉于穿凿，作者本意殆不其然。

　　余恕诚《论温词"类不出乎绮怨"与对绮怨心境的表现》："深美闳约"作为对温词美学风貌的一种概括，不一定要与寄托说硬连在一起。认真体会和解读温词，如果不将它往《离骚》比兴寄托一路去附会，仅论它是否含有较丰富的心理与情感方面的内容，"深美闳约"应该说不失为一种较为精当的评价。

【十二】

　　"画屏金鹧鸪"①，飞卿语也，其词品似之。"弦上黄莺语"②，端己③语也，其词品亦似之。正中词品，若欲于其词句中求之，则"和泪试严妆"④，殆近之欤？

　　①温庭筠《更漏子》："柳丝长，春雨细，花外漏声迢递。惊塞雁，起城乌，画屏金鹧鸪。香雾薄，透帘幕。惆怅谢家池阁。红烛背，绣帘垂。梦长君不知。"

　　②韦庄《菩萨蛮》："红楼别夜堪惆怅，香灯半卷流苏帐。残

月出门时，美人和泪辞。琵琶金翠羽，弦上黄莺语。劝我早归家，绿窗人似花。"

③端已：韦庄（836—910），字端已，长安杜陵人。五代前蜀著名诗人、词人。

④冯延巳《菩萨蛮》："娇鬟堆枕钗横凤，溶溶春水杨花梦。红烛泪阑干，翠屏烟浪寒。锦壶催画箭，玉佩天涯远。和泪试严妆，落梅飞晓霜。"

译文

"画屏金鹧鸪"，这是温庭筠词里所写的一句，他词作的品格和这句的相似。"弦上黄莺语"，这是韦庄所作的词句，他词作的品格也和这句相似。至于冯延巳词作的品格，如果也要在他的词句中找一个，那么，"和泪试严妆"这一句应该是差不多接近了的。

评注

谢桃坊《试评王国维关于唐五代词的研究》：王国维承袭了刘熙载的"词品"观念，但却使它成为一个纯艺术形式的概念。他评唐五代三位重要词人说："'画屏金鹧鸪'，飞卿（温庭筠）语也，其词品似之。'弦上黄莺语'，端已（韦庄）语也，其词品亦似之。正中（冯延巳）词品，若欲于其词句中求之，则'和泪试严妆'殆近之欤？"这是根据个人的审美趣味随意地摘取某一词句，试图以之作为词人艺术特征的概括，令人难以猜测其确切的意义。

蓝华增《意境——诗的基本审美范畴——读王国维〈人间词话〉札记》：他说秦观的词境"凄婉"，他摘取足以代表其人词境的词句来概括其人的风格，如以"画屏金鹧鸪""弦上黄莺语""和泪试严妆"来分别概括温庭筠、韦庄、冯延巳的风格，都是寓风格于意境的"品味"之语。

【十三】

南唐中主①词："菡萏香销翠叶残，西风愁起绿波间。"②大有"众芳芜秽""美人迟暮"之感。乃古今独赏其"细雨梦回鸡塞远，小楼吹彻玉笙寒"。故知解人正不易得。

注释

①南唐中主：李璟（916—961）。五代十国时期南唐第二位皇帝。后因受到后周威胁，削去帝号，改称国主，史称南唐中主。

②李璟《摊破浣溪沙》："菡萏香销翠叶残，西风愁起绿波间。还与韶光共憔悴，不堪看。细雨梦回鸡塞远，小楼吹彻玉笙寒。多少泪珠无限恨，倚阑干。"

译文

南唐中主李璟在《摊破浣溪沙·菡萏香销翠叶残》一词中写道："菡萏香销翠叶残，西风愁起绿波间。"给人一种繁花变得荒芜污秽，美人进入暮年的感觉。可是从古至今，世人都欣赏词中的另一句："细雨梦回鸡塞远，小楼吹彻玉笙寒。"由此知道，能与"我"心性互相了解的人是多么难得啊。

评注

李建中、秦李《人间词话》：南唐中主李璟因国势衰颓，不敌后周，遂去帝位，改成南唐国主。而王国维自辛亥革命后即以清朝遗老自居。1924年清帝溥仪被逐出宫，王国维悲愤至极，几度赴死。1927年留下"经此事变，义无再辱"的遗书，自沉颐和园昆明湖。二人虽隔数代，但是境遇却如此仿佛，所谓"同是天涯沦落人"，此时的王国维，自然更能体味李璟此词的要旨。既恐美人迟暮，家国难保；又哀众芳芜秽，贤臣难得。其所发"解人正不易得"的慨叹，又何尝不是对人心麻木的慨叹呢？

杨海明《试论南唐中主李璟的词》：他（王国维）的评论所采用的乃是"摘句"式的批评方式，在一定意义上甚至还是一种"借题发挥"的评论。他抛开原词的本意，单独从中摘出与自己的人生体验具有某种关联的"菡萏"两句来发议论，说它们"大有众芳芜秽、美人迟暮之感"。这种看法，实源自于他本身所怀有的悲剧性人生体验，未必符合李璟的创作意图。

【十四】

温飞卿①之词，句秀也。韦端己②之词，骨秀也。李重光③之词，神秀也。

注释

① 温飞卿：温庭筠。

② 韦端己：韦庄。

③ 李重光：李煜（937—978），南唐中主李璟第六子，初名从嘉，字重光，号钟隐、莲峰居士，南唐最后一位国君。

译文

温庭筠的词，辞藻秀美。韦庄的词，骨质秀美。李煜的词，神韵秀美。

评注

苏缨《人间词话精读》：这一章是给晚唐、五代间的三大词家下断语：温庭筠、韦庄、李煜，三个人的词都美，温庭筠美在句子，韦庄美在结构，李煜美在神采。

杨柏岭《晚清民初词学思想建构》：他说温庭筠词"句秀也"、韦庄词"骨秀也"，李煜词"神秀也"，由"句""骨"到"神"印证着词家词作境界的浅深变化，也反映了"言语"超越的力度和深度。

唐圭璋、潘君昭《论温韦词》：温词一向被称为"句秀"，即是被认为在篇章结构方面显得脉络不够分明，然而却时有佳句，这类佳句往往自成一境。……韦词多直抒胸臆，在篇章结构方面，则由于不一味刻画实景实物，不用大量词藻堆砌，词意连贯，上下一气，所以显得脉络分明，层次清楚，这就是他的词被称为"骨秀"的缘由，这也是韦词胜过花间词的地方。

【十五】

词至李后主①而眼界始大，感慨遂深，遂变伶工之词而为士大夫之词。周介存②置诸温、韦之下③，可谓颠倒黑白矣。"自是人生长恨水长东"④"流水落花春去也，天上人间"，《金荃》《浣花》能有此气象耶⑤？

注释

①李后主：李煜。

②周介存：周济（1781—1839），字保绪，又字介存，号未斋，晚号止庵。江苏荆溪人。清代词人、词论家。

③周济《介存斋论词杂著》："毛嫱、西施，天下美妇人也。严妆佳，淡妆亦佳，粗服乱头，不掩国色。飞卿，严妆也。端己，淡妆也。后主则粗服乱头矣。"此处，王国维对周介存的理解有误。周介存当是说，虽然粗服乱头，但是不掩盖倾国之貌。

④出自南唐后主李煜词《乌夜啼》（又名《相见欢》）。

⑤《金荃》《浣花》：《金荃集》是温庭筠的词集，《浣花集》是韦庄的词集。

（译文）

词的写作到南唐后主李煜的时候，给人的眼界才开始雄阔宏大，感慨才开始深远隽永，于是改变戏子浅薄的唱词为士族大夫的诗词。周济竟将李煜搁置在温庭筠和韦庄的下面，简直是颠倒黑白啊。你看看李煜的"自是人生长恨水长东""流水落花春去也，天上人间"等词句，温庭筠的《金荃集》和韦庄的《浣花集》怎么会有这般的气势和景象呢？

（评注）

莫砺锋《论晚唐五代词风的转变》：在王国维看来，在用词抒情这个方面，韦庄胜于温庭筠而不及李煜。所以他说词是在李煜手中才变成"士大夫之词"即恢复了抒情诗的本来面目的。我们认为，李煜词的成就确实超过了韦庄词。然而如上所述，在恢复词的抒情诗本质和使词风趋向清丽自然这两个过程中（两个过程事实上是同步进行的），韦庄都是李煜的先导和基础。

张惠民《王国维词学思想的潜体系》：此论为王国维词学思想的关键，为整部《人间词话》的纲纽，可惜数十年以来，未受重视。事实上整个王国维词学，正在文学的抒情本质的层面上展开对"士大夫之词"的论述。明确这一点，王国维的境界说、创作论、词史观就有了统属，有了依归。

陈兼与《〈人间词话〉述评》：变伶工之词而为士大夫之词，实始于中唐之刘、白，而健全于温、韦，冯延巳、李煜并时豪杰耳。至气象之于人，亦犹气质之于人，关于天赋者十之六七，关于学问与环境者十之三四。金荃、浣花不能为后主之词，后主亦不能为金荃、浣花之词，各有所受也。

【十六】

词人者，不失其赤子之心①者也。故生于深宫之中，长于妇人之手，是后主②为人君所短处，亦即为词人所长处。③

注释

①赤子之心：不为世俗熏染，保有纯净无邪的内心。一说，为童心，李卓吾在《童心说》中定义童心为"绝假纯真，最初一念之本心"。

②后主：李煜。

③手稿本，末后两句："故后主之词，天真之词也。他人，人工之词也。"（意为：后主的词，是天然而成的纯真之词，其他的人要写出他那样的句子，却需费一番功夫才能得来。）

译文

写词的人，应当是有着一颗赤子之心的人，绝假纯真，排除世俗杂念。所以说，出生在深宫大院之中，成长于彩女宫娥等女人之手，是李煜作为一名君主的短处，但也是他作为一名词人的长处。

叶嘉莹《人间词话：叶嘉莹讲评本》：李后主的词，虽然在他外表的风格上我们可以把它分成后期和前期的不同，但是作为他的本质来说，他基本上的一点，就是以他的真纯的——王国维所说的赤子之心，他的锐敏的深挚的心灵和感情的一种投注。不管他写什么，不管他所经历的是什么，他都把他最真纯的、最锐敏的、最深挚的心灵和感情全心全意地投注进去。这是李后主的一种特色。

罗钢《七宝楼台，拆碎不成片断——王国维"有我之境、无我之境"说探源》：王国维所理解的"不失其赤子之心"的词人，其所强者并非一种趋于"纯粹认识"的客观的观察力，而是一种热烈纯真的情感。所以王国维说，对于像李煜这样的词人来说，"阅历愈少而性情愈真"。而评价其词作的标准，也不是对外在事物的客观体认，而是情感流露的真挚性。

温儒敏《王国维文学批评的现代性》：王国维认为诗人保持天然的性情，以"赤子之心"去从事创作，超越功名利禄的世俗眼光，就能"以自然之眼观物，以自然之舌言情"，达到浑然化一的高妙境界。

【十七】

客观之诗人，不可不多阅世。阅世愈深，则材料愈丰富，愈变化，《水浒传》《红楼梦》之作者是也。主观之诗人，不必多阅世。阅世愈浅，则性情愈真，李后主①是也。

注释

① 李后主：李煜。

译文

以事实为主描写自然及人生的诗人，不能不多去阅历世俗风情。在社会生活中经历越深入的人，以供创作的材料就能越丰富，越显得变化多端，譬如《水浒传》《红楼梦》的作者就是这样的。而以抒发自我感情为主描写自然及人生的诗人，不必多去阅历世俗风情。在社会生活中经历越浅薄的人，他的性情就越真切纯粹，譬如李煜就是这样的人。

评注

袁行霈《论意境》：其实，不论"客观"或"主观"之诗人，没有丰富的生活阅历，都不可能写出优秀的作品。文学创作当然要出自真情，但这性情是在社会实践中培育的，并不是天生就有的。

李铎《论王国维的"气象"》：不论怎样，主观之诗人必须以赤子之心来体验人生，要有真情实感，要超越生活中的我才能够使境界之气象宏伟。

王运熙、顾易生《中国文学批评史》：这里的"客观之诗人"，某种意义上指叙事诗作者，或"写实派"。他们愈深入考察社会生活，收集材料愈丰富多样，这自然是对的。但他们在阅历世事时难道就不需要怀着真诚之心么？"词人之忠实，不独对人事宜然。即对一草一木，亦须有忠实之意，否则所谓游词也。"

【十八】

尼采谓："一切文学，余爱以血书者。"后主①之词，真所谓以血书者也。宋道君皇帝②《燕山亭》词亦略似之。然道君不过自道身世之戚，后主则俨有释迦、基督担荷人类罪恶之意，其大小固不同矣。

注释

①后主：李煜。

②宋道君皇帝：宋徽宗赵佶（1082—1135），在位25年，崇信道教，自称教主道君皇帝，著有《燕山亭》等词。

译文

德国哲学家尼采说："一切写作之物，我只喜爱作者用自己的心血写成的。"后主李煜的词，真可以说是用血来写就的了。宋徽宗赵佶那首《燕山亭》的词也略微有点相似。但赵佶只不过自己说自己的身世悲戚罢了，李煜则俨然有释迦牟尼和耶稣基督背负人类罪恶、拯救世人的感觉，两者思想境界的大小是完全不一样的。

评注

佛雏《〈人间词话〉五题》：尼采所要求的"以血书者"，指的是写出"勇敢""刚强""总有着疯狂"的"战士"或者"硕大而崇高"的人之心或"大笑"，指的是最充溢的"权力意志"的艺术地外现。

苏缨《人间词话精读》：王国维借用尼采的话，说李煜的词是"以血书者"。又因为尼采说"一切文学，余爱以血书者"，似乎这种用血写就的文学层次最高。但我们看李煜在亡国之后的创作和生活，整日只有哭哭啼啼、悲悲切切，泪水多到可以"日夕洗面"，血却不见半滴。这样的人，这样的作品，恰恰是尼采最看不起的。

邱世友《王国维论词的境界》：李后主词和宋徽宗词写亡国被掳的哀痛，都是血书者，后者也悲切动人。但王氏从个别形象体现理念的原则来衡鉴，前者体现人类的兴衰，而后者仅体现自身的兴衰。

【十九】

冯正中[①]词虽不失五代风格，而堂庑特大，开北宋一代风气。与中、后二主[②]词皆在《花间》[③]范围之外，宜《花间集》中不登其只字也[④]。

注释

① 正中：冯延巳。

② 中、后二主：李璟和李煜。

③ 《花间》：即后面所指的《花间集》。

④ 不登其只字也：这里有不同于王国维的另外一说，龙沐勋在《唐宋名家词选》中说："案《花间集》多西蜀词人，不采二主及正中词，当由道里隔绝，又年岁不相及，有以致然。非因流派不同，遂尔遗置也。王说非是。"

冯延巳的词虽然保留有五代的风格，但格局显得特别开阔宏大，开启了北宋一代词作的风气，与李璟、李煜的词都在《花间集》的范围之外，所以不宜在《花间集》中录入他们的片词只字。

评注

俞平伯《〈唐宋词选〉前言》："南唐"之变"花间"，变其作风不变其体，仍为令、引之类。如王国维关于冯延巳、李后主词的评述，或不符史实，或估价奇高；但他认为南唐词在"花间"范围之外，堂庑特大，李后主的词，温、韦无此气象，这些说法还是对的。南唐词确推扩了"花间"的面貌，而开北宋一代的风气。

施蛰存《读冯延巳词札记》：韦端己情至而言质，冯正中义隐而辞深，王国维谓"冯正中词堂庑特大，开北宋一代风气"，此即言其于词之内容有所拓展，为宋人之先河也。

顾宝林《规模前辈，益以才思——由〈云韶集〉〈词坛丛话〉看陈廷焯前期对晏欧词的研究与批评》：后主李煜和冯延巳等南唐君臣的词学最大贡献就在于进一步拓宽了词体的抒情主题，改变了词体的表达功能，使词从传统的"遣宾与兴""聊佐清欢"的娱乐文学中转向，迈进"抒情文学演进的历程"，启示了宋词发展的新方向。

【二十】

正中^①词除《鹊踏枝》《菩萨蛮》十数阕^②最煊赫外，如《醉花间》之"高树鹊衔巢，斜月明寒草"，余谓韦苏州^③之"流萤度高阁"^④、孟襄阳^⑤之"疏雨滴梧桐"^⑥，不能过也。

注释

①正中：冯延巳。

②阕：量词，歌曲或词，一首为一阕；一首词的一段亦称一阕，前一段称"上阕"，后一段称"下阕"。

③韦苏州：韦应物（737—约790），字义博，世称"韦苏州""韦左司""韦江州"。京兆杜陵（今陕西省西安市）人。唐朝诗人。

④韦应物《寺居独夜寄崔主簿》："幽人寂不寐，木叶纷纷落。寒雨暗深更，流萤度高阁。坐使青灯晓，还伤夏衣薄。宁知岁方晏，离居更萧索。"

⑤孟襄阳：孟浩然（689或691—740），今湖北襄阳人。唐代诗人。

⑥王士源《孟浩然集序》云："浩然尝闲游秘省，秋月新霁，诸英华赋诗作会。浩然句云：'微云淡河汉，疏雨滴梧桐。'举座嗟其清绝，咸阁笔不复为继。"

译文

冯延巳的词除了《鹊踏枝》《菩萨蛮》等十数阕最煊赫外，如《醉花间》中"高树鹊衔巢，斜月明寒草"的词句，我觉得韦应物的"流萤度高阁"和孟浩然的"疏雨滴梧桐",都不能超过它。

　　李建中、秦李《人间词话》：五代词人中，王国维尤其对冯延巳垂以青眼，以为冯之词作不在韦、孟二人之下。读书读到好句，须细细品味才能咀嚼出味道来。"高树"二句寥寥十个字，将寒夜之景象描写得力透纸背；且寓情于景，使眼前之景与内心之景融为一体。写景状貌准且生动，如庖丁解牛，游刃有余。冯延巳词作典雅清俊，不拘泥，不做作，于五代词坛独树一帜。

　　施议对《人间词话译注》：王国维以正中《醉花阴》与韦应物《寺居独夜寄崔主簿》及孟浩然"微云淡河汉，疏雨滴梧桐"相比，以为韦、孟二人均不及正中。三家作品，一为词，一为五律，一为联句，究竟如何相比？王国维主要看其境界及气象。

　　吴洋《人间词话手稿本全编》：冯延巳锻炼词句，举重若轻，看似写景的白描，却蕴藏着深深的款曲，所谓"一切景语皆情语"是也。

【二一】

　　欧九①《浣溪沙》词："绿杨楼外出秋千。"晁补之②谓只一"出"字，便后人所不能道。余谓：此本于正中③《上行杯》词"柳外秋千出画墙"④，但欧语尤工耳。

注释

　　① 欧九：欧阳修（1007—1072）。字永叔，号醉翁、六一居士，吉州永丰（今江西省吉安市永丰县）人，北宋政治家、文学

家，且在政治上负有盛名。

②晁补之（1053—1110），字无咎，号归来子，巨野人。北宋文学家。

③正中：冯延巳。

④冯延巳《上行杯》："落梅著雨消残粉，云重烟轻寒食近。罗幕遮香，柳外秋千出画墙。春山颠倒钗横凤，飞絮入帘春睡重。梦里佳期，只许庭花与月知。"

译文

欧阳修《浣溪沙》词中有一句："绿杨楼外出秋千。"晁补之认为，只这一个"出"，便说出了后人所不能说的味道。我说：其实，冯延巳早已在《上行杯》一词中写过"柳外秋千出画墙"，但欧阳修的显得更加工整、巧妙罢了。

评注

彭玉平《人间词话疏证》：就冯延巳和欧阳修两人而论，冯延巳词的三个意象比较散，柳与画墙的关系不明朗，而欧阳修的"绿杨楼"三字将杨柳与楼的紧密关系明确说出，意象更为集中。

沤盦《沤盦词话》：晁无咎评欧阳永叔《浣溪沙》"绿杨楼外出秋千"句云："只一出字，自是后人道不到处。"王静安谓："欧九此语，此本于正中《上行杯》词：柳外秋千出画墙。"予按王摩诘《寒食城东即事》诗有句云："秋千竞出垂杨里"。二公之用"出"字，盖皆本此耳。

饶宗颐《〈人间词话〉平议》：欧阳永叔《浣溪沙》词"绿杨楼外出秋千"，《能改斋漫录》引晁无咎云："只一'出'字，自是后人道不到。"观堂谓此本于冯正中《上行杯》词"柳外秋千出画墙"。按王维诗"秋千竞出垂杨里"，冯、欧二公词意出此，彭孙遹《词藻》（卷三）已发之，王氏殆未之见耶？

【二二】

梅圣俞①《苏幕遮》词:"落尽梨花春事(当作"又")了,满地斜(当作"残")阳,翠色和烟老。"②刘融斋③谓:少游④一生似专学此种。余谓:冯正中⑤《玉楼春》词:"芳菲次第长相续,自是情多无处足。尊前百计得春归,莫为伤春眉黛蹙。"永叔⑥一生似专学此种。

注释

①梅圣俞:梅尧臣(1002—1060),字圣俞,安徽宣城人。北宋诗人。

②梅圣俞(梅尧臣)《苏幕遮·草》:"露堤平,烟墅杳。乱碧萋萋,雨后江天晓。独有庾郎年最少。窣地春袍,嫩色宜相照。接长亭,迷远道。堪怨王孙,不记归期早。落尽梨花春又了。满地残阳,翠色和烟老。"

③刘融斋:刘熙载《艺概》卷四《词曲概》引此词云:"此一种似为少游开先。"

④少游:秦观(1049—1100),字少游,一字太虚,号淮海居士,别号邗沟居士,北宋高邮(今江苏省高邮市)人,被尊为婉约派一代词宗。

⑤冯正中:冯延巳。

⑥永叔:欧阳修。

译文

梅尧臣《苏幕遮》一词有"落尽梨花春事了。满地斜阳,翠色和烟老"句。刘熙载说：秦观一生似乎专学这一种风格。我认为：冯延巳《玉楼春》一词有"芳菲次第长相续，自是情多无处足。尊前百计得春归，莫为伤春眉黛蹙"句，欧阳修一生中好似专学这种风格。

评注

刘锋杰、章池《人间词话百年解评》：在洗刷唐五代词的脂粉气，使词向清疏峻洁明快的风格发展方面，欧阳与冯延巳之间有一脉相承之处。

陈兼与《〈人间词话〉述评》：《玉楼春》一词，又是一重公案，既未见《阳春集》，又载于《欧阳文忠公近体乐府》，当为欧作无疑。《尊前集》题为冯延巳词，不知何所依据。先生但据《尊前集》而定为冯作，似欠深考，谓欧学正中此体，不知正为欧作也。

【二三】

人知和靖①《点绛唇》②、圣俞《苏幕遮》③、永叔④《少年游》⑤三阕为咏春草绝调。不知先有正中⑥"细雨湿流光"⑦五字，皆能摄春草之魂者也。

注释

①和靖：林逋（967—1028），字君甫，卒谥和靖先生。浙江钱塘人。北宋诗人。

②林逋《点绛唇·题草》："金谷年年，乱生春色谁为主。余花落处，满地和烟雨。又是离歌，一阕长亭暮。王孙去。萋萋无

数，南北东西路。"

③圣俞：梅尧臣。《苏幕遮》原文见第31页注释②。

④永叔：欧阳修。

⑤欧阳修《少年游》："阑干十二独凭春，晴碧远连云。千里万里，二月三月，行色苦愁人。谢家池上，江淹浦畔，吟魄与离魂。那堪疏雨滴黄昏，更特地、忆王孙。"

⑥正中：冯延巳。

⑦冯延巳《南乡子》："细雨湿流光，芳草年年与恨长。烟锁凤楼无限事，茫茫。鸾镜鸳衾两断肠。魂梦任悠扬，睡起杨花满绣床。薄幸不来门半掩，斜阳。负你残春泪几行。"

译文

世人都知道林逋的《点绛唇》、梅尧臣的《苏幕遮》和欧阳修的《少年游》三阕词为歌咏春草的绝佳词作，却不知已先有冯延巳"细雨湿流光"五个字，都是能摄取春草魂魄的词句啊！

评注

冯友兰《中国近代美学的奠基人——王国维》：王国维很欣赏冯延巳写春草的那一句词"细雨湿流光"，认为这是"摄春草之魂"。春草本来是没有魂的，所谓春草之魂就是词人的意境。这一句不但写了春草，也写了作者的感情。

罗钢《著一"闹"字，而境界全出——王国维"境界说"探源之三》：王国维赞扬这两句词"能摄春草之魂""能得荷之神理"，并不是如佛雏等所说，因为其揭示了叔本华所谓物之固定不变的理念，而是因为它通过一种动感，展现了对象的蓬勃的力量和生机。

詹安泰《读词偶记》：写景言情，分之为二，合之则一。善言情者，但写景而情在其中，善写景者亦然，景中无情，感人必浅，其能摇荡心魂者，即景亦情也。温飞卿之"江上柳如烟，雁飞残月天"，孙孟文（光宪）之"片帆天际闪孤光"，冯正中（延巳）之"细雨湿流光"，何尝不是景语，而情味浓至，使人低回不尽。作令词固当会此，读令词亦当会此。

【二四】

《诗·蒹葭》①一篇，最得风人②深致。晏同叔③之"昨夜西风凋碧树。独上高楼，望尽天涯路"④意颇近之。但一洒落，一悲壮耳。

注释

①《诗·蒹葭》："蒹葭苍苍，白露为霜。所谓伊人，在水一方。溯洄从之，道阻且长。溯游从之，宛在水中央。蒹葭凄凄，白露未晞。所谓伊人，在水之湄。溯洄从之，道阻且跻。溯游从之，宛在水中坻。蒹葭采采，白露未已。所谓伊人，在水之涘。溯洄从之，道阻且右。溯游从之，宛在水中沚。"

②风人：原指古代采集民歌风俗等以观民风的官员，这里指诗人。

③晏同叔：晏殊（991—1055），字同叔，江西临川人。北宋词人。

④晏殊《蝶恋花》："槛菊愁烟兰泣露。罗幕轻寒，燕子双飞去。明月不谙离恨苦，斜光到晓穿朱户。昨夜西风凋碧树。独上高楼，望尽天涯路。欲寄彩笺兼尺素，山长水阔知何处。"

译文

《诗经》中《秦风·蒹葭》这一首诗，最是能体现出诗人情感的真挚与写法上的生动自然。晏殊《蝶恋花》中"昨夜西风凋碧树。独上高楼，望尽天涯路"的词句，意境与它比较接近。但还是有所区别的，前者洒落，后者悲壮。

评注

叶嘉莹《人间词话：叶嘉莹讲评本》：《诗经》之《蒹葭》一篇与上述晏殊的两句词，正好同样都是具有使读者产生"高举远慕"之情的作品，这大概便是《人间词话》既称《蒹葭》一篇有"风人深致"，又称晏殊的两句词"意颇近之"的缘故了。

张海鸥《论词的叙事性》：与散体叙事文类相比，韵文叙事更注重诗意，词尤其如此。所谓诗意叙事，类似于王国维所谓"风人深致"，他所举《诗·蒹葭》和晏同叔之《鹊踏枝》，颇可说明诗意叙事之特征，即意境叙事、意象叙事、雅言叙事。

苏缨《人间词话精读》：王国维以《蒹葭》为《诗经》中最有诗意与深意的一篇，这倒可以见仁见智，但是，当他道出晏殊词"昨夜西风凋碧树。独上高楼，望尽天涯路"与《蒹葭》相近，仅仅有情绪上的洒落与悲壮之别时，便已经悍然迈出了离经叛道的一步。

【二五】

"我瞻四方，蹙蹙靡所骋"①，诗人之忧生也。"昨夜西风凋碧树。独上高楼，望尽天涯路"似之。"终日驰车走，不见所问津"，诗人之忧世也。"百草千花寒食路，香车系在谁家树"② 似之。

注释

①《诗·小雅·节南山》有"驾彼四牡，四牡项领。我瞻四方，蹙蹙靡所骋"。

②冯延巳《鹊踏枝》："几日行云何处去？忘却归来，不道春将暮！百草千花寒食路，香车系在谁家树？　泪眼倚楼频独语：双燕飞来，陌上相逢否？撩乱春愁如柳絮，悠悠梦里无寻处。"

译文

《诗·小雅·节南山》诗句："我瞻四方，蹙蹙靡所骋"，这是诗人忧人生的作品。晏殊的"昨夜西风凋碧树。独上高楼，望尽天涯路"和它相似。陶渊明《饮酒》诗句："终日驰车走，不见所问津"，这是诗人忧尘世的作品。冯延巳的"百草千花寒食路，香车系在谁家树"和它相似。

评注

曹辛华《20 世纪中国古代文学研究史》：王国维将"忧生"与"忧世"的情感观拓展到汉末古诗乃至宋词，并将其引入了其"境界"说中，开创了以"人生"论词的批评模式。

蒋永青《境界之"真"——王国维境界说研究》：按照王国维的境界分类，这些"忧生""忧世"之作都应该属于"有我之境"。得到这样的境界，当然要超出个人自己的忧虑而与天下之忧共忧。

陈鸿祥《〈人间词话〉三考》：把我国第一部诗歌总集《诗经》以来，近三千年的诗词，更广而言之，是文学之对人生的反映，概括为"忧生"与"忧世"，这就是王国维所称"人间"的本意，就是他命名其词话为"人间"的最简明而清晰的自我概括，也是他自填词中反复吟咏的"人间"二字的主题所在。

马正平《生命的空间——〈人间词话〉的当代解读》：王氏这里讲的"忧生""忧世"的审美思维状态就是"入乎其内""出乎其外"两种审美态度的典型。

【二六】

古今之成大事业、大学问者，必经过三种之境界。"昨夜西风凋碧树。独上高楼，望尽天涯路"①，此第一境也。"衣带渐宽终不悔，为伊消得人憔悴"②，此第二境也。"众里寻他千百度，蓦然回首，那人却在灯火阑珊处"③，此第三境也。此等语皆非大词人不能道。然遽以此意解释诸词，恐晏、欧④诸公所不许也。

注释

① 见晏殊《蝶恋花》（原文见第 34 页注释④）。

② 柳永《凤栖梧》："伫倚危楼风细细。望极春愁，黯黯生天际。草色烟光残照里。无言谁会凭阑意。拟把疏狂图一醉，对酒当歌，强乐还无味。衣带渐宽终不悔，为伊消得人憔悴。"

③ 辛弃疾《青玉案·元夕》："东风夜放花千树。更吹落，星如雨。宝马雕车香满路。凤箫声动，玉壶光转，一夜鱼龙舞。蛾儿雪柳黄金缕。笑语盈盈暗香去。众里寻他千百度，蓦然回首，那人却在灯火阑珊处。"

④ 晏、欧：晏，晏殊。欧，欧阳修。

译文

　　自古至今，能够取得大事业、做得大学问的人，没有不经过三种境界："昨夜西风凋碧树。独上高楼，望尽天涯路"，这是第一境界。"衣带渐宽终不悔，为伊消得人憔悴"，这是第二境界。"众里寻他千百度，蓦然回首，那人却在灯火阑珊处"，这是第三境界。这些语句，若不是大词人是说不出来的。但依据这层意义上去解释诗词，恐怕晏殊、欧阳修诸人是不会允许的。

评注

　　徐复观《王国维〈人间词话〉境界说试评》：所谓第一境，是指望道未见，起步向前追求的精神状态。第二境是指在追求中发愤忘食、乐以忘忧的精神状态。第三境是一旦忽然贯通的自得精神状态。

　　邱世友《王国维论词的境界》：由于王氏从普遍性来把握三种境界的三个层次的意义，可以避免张惠言寄托说的穿凿附会而重感兴。所以他说："遽以此意解释诸词，恐为晏欧（柳）诸公所不许。"并非故作谦虚。

　　聂振斌《王国维文学思想述评》：王国维之所以说余持此说，亦"恐晏、欧诸公所不许也"，主要是他援引的各句联缀在一起，与原词的完整意义脱离了联系，而产生了新意，赋予了王国维的悲观主义的哲学观点。

【二七】

　　永叔①"人间（当作"生"）自是有情痴，此恨不关风与月""直须看尽洛城花，始与东风容易别"②，于豪放之中有沉著③之致，所以尤高。

注释

① 永叔：欧阳修。

② "直须"一句出自欧阳修《玉楼春》，王国维引文将"始共春风"误作"始与东风"。

③ 沉著：沉着，深沉。

译文

欧阳修《玉楼春》中"人生自是有情痴，此恨不关风与月""直须看尽洛城花，始共春风容易别"等词句，在豪放中有沉着的意趣，所以更加高深。

评注

刘锋杰、章池《人间词话百年解评》：词写离情别绪，这是很一般的题材，难免有愁容惨咽、寸肠牢结一类的抒写，但毕竟有结句"直须看尽洛城花，始与东（共春）风容易别"的摆脱与豁达，遂使全词一振。故王国维用豪放评之，实不为过。

李建中、秦李《人间词话》：欧阳修这首词，从儿女柔情中提炼出带有哲理的大问题，一翻前人旧调。书写悲苦的故作冷静，使其愈显悲凉。王国维谓之豪放而沉着，确实恰如其分。

周振甫《〈人间词话〉初探》：谈到词的风格，他推重豪放沉着，说："永叔'人间自是有情痴，此恨不关风与月''直须看尽洛城花，始与东（共春）风容易别'于豪放之中有沉着之致，所以尤高。"这就超出于专讲婉约的一派，也超出于专讲豪放而不免粗疏的一派了。

【二八】

　　冯梦华①《宋六十一家词选·序例》谓:"淮海②、小山③,古之伤心人也。其淡语皆有味,浅语皆有致。"余谓:此唯淮海足以当之。小山矜贵有余,但可方驾子野④、方回⑤,未足抗衡淮海也。

注释

　　①冯梦华:冯煦(1843—1927)字梦华,号蒿庵,江苏金坛人。近代诗人、词作家。

　　②淮海:秦观。

　　③小山:晏幾道(1038—1110),字叔原,号小山。

　　④子野:张先(990—1078),字子野,乌程人。北宋词人。

　　⑤方回:贺铸(1052—1125),又名贺三愁,字方回,自号庆湖遗老,人称贺梅子。

译文

　　冯煦在《宋六十一家词选·序例》中说道:"秦观、晏幾道,是古时的伤心人哪,他们平淡的语句中都别有回味,浅显的语句中都别有情趣。"我认为,这句话只有秦观的词能够称得上。晏幾道矜持自贵有余,只可与张先、贺铸等人的词并列在一个档次了,如果要与秦观抗衡就有所不足了。

评注

　　李铎《论王国维的"气象"》:气象一方面指境界的深厚,同时又指创作主体的精神风貌，王国维强调作品中的境界依赖创作主体的精神风貌，所以和传统的将人品与诗品结合起来的理论保持着一致。重"气象"便重"修养"。

吴洋《人间词话手稿本全编》：晏幾道的词语浅意深，情致缠绵，意境幽婉，虽有题材狭小之嫌，亦属个性使然。后世知音者独赏其"伤心人"本色，始知白玉微瑕，未足成讼也。

李砾《〈人间词话〉辨》：同样的怀人事、伤离别，晏幾道的半窗斜月、吴山画屏，的确矜持高贵，但也直也而白；秦观的"春去也，飞红万点愁如海"却以脱口而出的平常之语，令人品味出更厚重更丰富更深沉的情感，故静安谓其"淡语皆有味，浅语皆有致"。

施议对《人间词话译注》：王国维称：以宋词比唐诗，则东坡似太白，欧秦似摩诘，耆卿似乐天，方回、叔原（小山）则大历十子之流。王氏始终将小山置于淮海之下。实际上，小山词所记悲欢离合之事，与淮海一样，同以真情动人。所谓"淡语皆有味，浅语皆有致"，确能体现二家词的特点。王国维只看到小山所谓"矜贵有余"的一面，而忽视"其痴亦自绝人"的另一面。

【二九】

少游①词境最为凄婉。至"可堪孤馆闭春寒，杜鹃声里斜阳暮"，则变而凄厉矣。东坡②赏其后二语③，犹为皮相。

注释

① 少游：秦观，字太虚，又字少游。

② 东坡：苏轼（1037—1101），字子瞻，号东坡居士，世称

苏东坡。北宋文学家。

③"可堪孤馆闭春寒，杜鹃声里斜阳暮"出自秦观《踏莎行》。东坡绝爱其尾两句，自书于扇曰："少游已矣，虽万人何赎。"

译文

秦观词作的意境显得最凄婉。写到"可堪孤馆闭春寒，杜鹃声里斜阳暮"这样的词句时，就变为凄厉了。苏轼欣赏该词最后两句"郴江幸自绕郴山，为谁流下潇湘去"，特别直观。

评注

孙维城《凄美之韵：秦观词"以身世之感入艳情"》：苏轼及草堂所赏在"以意胜"，郴江流去实为自喻，是"比"的表现。王国维、徐轨所赏在"以境胜"，杜鹃斜阳之景，不言情而情愈深厚，所以，王国维认为词境由凄婉变成凄厉，正是知音。

陈咏《略谈"境界"说》：王国维说："少游词境最（为）凄婉。至'可堪孤馆闭春寒，杜鹃声里斜阳暮'则变而凄厉矣。"这里"词境"即词的境界。凄婉、凄厉不是指形象的具体鲜明性，也不是指景物描述中所流露的作者的感情，而是指形象所产生的一种艺术气氛。

唐圭璋《评〈人间词话〉》：东坡赏少游之"郴江幸自绕郴山，为谁流下潇湘去"两句，亦以其情韵绵邈，令人低徊（回）不尽。而王氏讥为皮相，可知王氏过执境界之说，遂并情韵而忽视之矣。

【三十】

"风雨如晦，鸡鸣不已"①"山峻高以蔽日兮，下幽晦以多雨。霰雪纷其无垠兮，云霏霏而承宇"②"树树皆秋色，山山唯落晖""可堪孤馆闭春寒，杜鹃声里斜阳暮"，气象皆相似。

注释

①《诗·郑风·风雨》："风雨凄凄，鸡鸣喈喈。既见君子，云胡不夷。风雨潇潇，鸡鸣胶胶。既见君子，云胡不瘳。风雨如晦，鸡鸣不已。既见君子，云胡不喜。"

②出自屈原《楚辞·九章·涉江》。

译文

《诗·郑风·风雨》中"风雨如晦，鸡鸣不已"，《楚辞·九章·涉江》中"山峻高以蔽日兮，下幽晦以多雨。霰雪纷其无垠兮，云霏霏而承宇"，王绩《野望》中"树树皆秋色，山山唯落晖"，秦观《踏莎行》中"可堪孤馆闭春寒，杜鹃声里斜阳暮"，气势和景象都相似。

评注

叶嘉莹《人间词话：叶嘉莹讲评本》："风雨如晦，鸡鸣不已"与"可堪孤馆闭春寒，杜鹃声里斜阳暮"诸句之所以被称为"气象皆相似"，便正是因为这些句子中所表现的精神的压抑困苦和意象的凄凉晦暗，都极为相似的缘故。

邵振国《试论境界说及其质性》：王氏把屈原的《涉江》与

《诗经·郑风·风雨》相比，说它们"气象皆相似"。因为屈原是最具有这种"担负"的诗人，其诗也必是这种表象："山峻高以蔽日兮，下幽晦以多雨，霰雪纷其无垠兮，云霏霏而承宇。"

吴世昌《诗与语音》："可堪孤馆"四字都是直硬的"kě kān gū guǎn"音，读一次喉头哽住一次，最后"馆"字刚口松一点，到"闭"字的"bì"又把声气给双唇堵住了一次，因为声气的哽苦难吐，读者的情绪自然引得凄厉了。

【三一】

昭明太子①称，陶渊明②诗"跌宕昭彰，独超众类。抑扬爽朗，莫之与京"。王无功③称，薛收④赋"韵趣高奇，词义晦远⑤。嵯峨萧瑟，真不可言"。词中惜少此二种气象，前者唯东坡⑥，后者唯白石⑦，略得一二耳。

注释

①昭明太子：南梁昭明太子萧统（501—531），未即位就去世，谥昭明。

②陶渊明（352或365或372或376—427）：一名潜，字元亮，浔阳柴桑（今江西九江）人。东晋诗人。

③王无功：王绩（约589—644），字无功，号东皋子，古绛州龙门县（今山西河津）人，唐代诗人。

④薛收：字伯褒，蒲州汾阴（今山西万荣）人。隋代诗人薛道衡之子，隋末唐初文学家。

⑤晦远：有的版本作"旷远"。

⑥东坡：苏轼。

⑦ 白石：姜夔（约 1155—1209），字尧章，号白石道人，饶州鄱阳（今江西鄱阳）人。南宋词人、音乐家。

译文

南梁昭明太子萧统说：陶渊明的诗"跌宕昭彰，独超众类，抑扬爽朗，莫之与京"。唐代诗人王绩说：薛收的辞赋"韵趣高奇，词义晦远，嵯峨萧瑟，真不可言"。可惜词中少这两种气象，前者只有苏轼，后者只有姜夔，稍稍得到一二罢了。

评注

马正平《生命的空间——〈人间词话〉的当代解读》：在这里，"跌宕"和"抑扬"，无论是表现手法，还是情思的变化，都能使作品产生强烈的反差和张力，于是艺术的审美空间产生，这种空间感仍然是一种宏壮放阔的空间感。

聂振斌《王国维文学思想述评》：气象与神，二者都标示意境美的特质，因此王国维把它们都视为意境标准的重要规定。

许文雨《钟嵘诗品讲疏·人间词话讲疏》：一、按此数语（陶渊明诗"跌宕昭彰，独超众类。抑扬爽朗，莫之与京"）见昭明太子萧统所撰《陶渊明集序》，言其辞兴婉惬也。二、按此数语［薛收赋"韵趣高奇，词义旷（晦）远，嵯峨萧瑟，真不可言"］，言其骨之奇劲也。刘熙载《艺概·卷三》云：王无功谓薛收《白牛溪赋》"韵趣高奇，词义旷（晦）远，嵯峨萧瑟，真不可言"。余谓赋之足当此评者盖不多有，前此其惟小山《招隐士》乎？

【三二】

词之雅郑①，在神不在貌。永叔②、少游③虽作艳语，终有品格。方之美成④，便有淑女与倡伎之别。

注释

① 雅郑：品评词的标准，即诗词的优良品劣。

② 永叔：欧阳修。

③ 少游：秦观。

④ 美成：周邦彦（1056—1121），字美成，号清真居士，钱塘（今浙江杭州）人。北宋著名词人。

译文

区分词水平的优劣，要通过神韵而不是面貌去辨别。譬如欧阳修和秦观的词虽然也写艳情的语言，但终归有品格。比之于周邦彦，便有淑女和妓女的区别了。

评注

蒋哲伦《王国维论清真词》：王氏讲求的"意趣高远"，固然也同人品有关，主要应该是指"感情之肫挚"。所谓"词之雅郑，在神不在貌"，即含有注重内质纯真的意思；而批评清真词之不够"高雅"，恐亦需从这个角度来体认。

李建中、秦李《人间词话》：王国维在此所说的倡伎、倡优，并非指现在所说的那些妓女，而是指过去地位底下的艺伎和戏子。王国维对她们还是抱着同情的态度。

方智范、邓乔彬、周圣伟、高建中《中国词学批评史》：且不论欧、秦与周邦彦是否真有如此明确的分界线，但"雅、郑"之别的提出，用于论词领域，确有袭旧而出新之义，也知王国维毕竟难以摆脱古老的道德批评传统，而且这毕竟有充分的合理性。

【三三】

美成^①深远之致不及欧、秦^②，唯言情体物，穷极工巧，故不失为第一流之作者。但恨创调之才多，创意之才少耳。

注释

　①美成：周邦彦。
　②欧、秦：欧，欧阳修。秦，秦观。

译文

　　周邦彦的词，在意趣深远方面不如欧阳修和秦观，只是表达情感、描述事物时，极其精致巧妙，所以仍可列入第一流的词作者。只可惜他创调方面的才能多，而创意的才气少啊。

评注

　　彭玉平《论王国维"隔"与"不隔"说的四种结构形态及周边问题》：王国维评价周邦彦"能入"，按其语境，当是指"言情体物，穷极工巧"这一方面，即在写景咏物方面能做到体察入微，揭示出景和物的神韵所在。而所谓"不能出"，则是太过胶执于景物，不能由实到虚，升华景物的内涵，从而缺乏"深远之致"。

苏缨《人间词话精读》：周邦彦妙解音律，是当时第一流的音乐专家，自然"创调之才多"，会谱新曲，创作新的词牌。但内容上总是老调重弹，写不出什么新意，是所谓"创意之才少"。

罗忼烈《清真词与少陵诗》：王氏推许清真为宋词第一人，等于老杜是唐诗中第一人，其论点有二：一是精工博大有如杜诗，二是声律妥帖有如杜诗。

【三四】

词忌用替代字。美成①《解语花》之"桂华流瓦"②，境界极妙，惜以"桂华"二字代"月"耳。梦窗③以下，则用代字更多。其所以然者，非意不足，则语不妙也。盖意足则不暇代，语妙则不必代。此少游④之"小楼连苑""绣毂雕鞍"⑤所以为东坡⑥所讥也⑦。

注释

①美成：周邦彦。

②周邦彦《解语花》（上元）："风销焰蜡，露浥烘炉，花市光相射。桂华流瓦。纤云散、耿耿素娥欲下。衣裳淡雅。看楚女、纤腰一把。箫鼓喧、人影参差，满路飘香麝。因念都城放夜。望千门如昼，嬉笑游冶。钿车罗帕。相逢处、自有暗尘随马。年光是也。唯只见、旧情衰谢。清漏移、飞盖归来，从舞休歌罢。

③梦窗：吴文英（1200—1260），字君特，号梦窗，四明（今浙江宁波）人。南宋著名词人。

④少游：秦观。

⑤秦观《水龙吟》："小楼连苑横空，下窥绣毂雕鞍骤。朱帘半卷，单衣初试，清明时候。破暖轻风，弄晴微雨，欲无还有。卖花声过尽，斜阳院落，红成阵、飞鸳鸯。玉佩丁东别后。怅佳期、参差难又。名缰利锁，天还知道，和天也瘦。花下重门，柳边深巷，不堪回首。念多情，但有当时皓月，向人依旧。"

⑥东坡：苏轼。

⑦《历代诗余》卷五引曾慥《高斋词话》："少游自会稽入都见东坡。东坡问作何词，少游举'小楼连苑横空，下窥绣毂雕鞍骤。'东坡曰：'十三个字只说得一个人骑马楼前过。'"

译文

作词忌讳用替代字。周邦彦《解语花》中的"桂华流瓦"一句，境界极妙，可惜用"桂华"二字来替代"月光"。再到吴文英以后，用替代字的人更多了。之所以出现这种情况，不是情感不强烈深厚，就是语言不够高超精妙。因为如果意足，根本没有时间去找替代字，如果语妙，根本没有必要去找替代字。秦观曾经使用替代字而受苏轼的讥笑。（根据俞文豹《吹剑三录》记载，秦观在《水龙吟》一词中写道："小楼连苑横空，下窥绣毂雕鞍骤。"东坡看后说："十三个字，只说得一个人骑马楼前过。"）

评注

蔡嵩云《词源注·乐府指迷笺释》：说某物，有时直说破，便了无余味，倘用一二典故印证，反觉别有境界。但斟酌题情，揣摩辞气，亦有时以直说破为显豁者。谓词必须用替代字，固失之拘，谓词必不可用替代字，亦未免失之迂矣。

周振甫《诗词例话》：对于王国维的批评，不应该理解做他反对一切用代字，应该看他的主要方面，即反对用代字作为一种写词的方法。

许文雨《钟嵘诗品讲疏·人间词话讲疏》：前于梦窗（吴文英）者，如张先《菩萨蛮》云："纤纤玉笋横孤竹"，以"玉笋"代手，以"孤竹"代乐器。《庆金枝》云："抱云勾雪近灯看"，以"云""雪"代女子玉体皆是。是代字不必在梦窗后始多用也。

【三五】

沈伯时①《乐府指迷》云："说桃不可直说破桃，须用'红雨''刘郎'等字；说柳不可直说破柳，须用'章台''灞岸'等字。"若惟恐人不用代字者。果以是为工，则古今类书具在，又安用词为耶？宜其为《提要》所讥也②。

注释

① 沈伯时：沈义父，字伯时，号时斋，吴江人。南宋词论家。

②《四库提要》集部词曲类二沈氏《乐府指迷》条云："又谓说桃须用'红雨''刘郎'等字，说柳须用'章台''灞岸'等字，说书须用'银钩'等字，说泪须用'玉箸'等字，说发须用'绿云'等字，说簟须用'湘竹'等字，不可直说破。其意欲避鄙俗，而不知转成涂饰，亦非确论。"

译文

南宋沈义父在《乐府指迷》中说："说桃，不可直说破为桃，须用'红雨''刘郎'等字；说柳，不可直说破柳，须用'章台''灞岸'等字。"好像害怕别人不用替代字似的。如果说只有按他那样写才叫工巧的话，那么古今各类书都在，又何须用词来表达情感呢？也难怪他后来被《四库提要》所讥笑。

刘威志《试论王国维〈人间词话〉的偏好、企图与操作》：其实，写诗填词，翻翻类书有何不可。很多诗词方面的类书就是提供代字以供翻检的。翻检类书所得到的是材料，排比材料所得才是真实思想与感情。翻类书不难，难在作意以写成诗、填成词。

叶嘉莹《人间词话：叶嘉莹讲评本》：凡此种种，如果以《人间词话》境界说之"能写真景物真感情者谓之有境界"的标准来衡量，自然便会使人感觉到其在感受及表达两方面都有着不尽"真切"之感了。这应该乃是静安先生反对"代字""隶事"及"游词"的主要原因。

谢世涯《南唐李后主词研究》：实际上，意之足或不足，语之妙或不妙，与"借代"无关，问题在如何掌握借代。而且，只有意足者使用借代，词语才易高妙。反之，意不足而欲以借代增其文采，则徒增其涂饰而已，将无意境可言。

【三六】

美成①《青玉案》词："叶上初阳干宿雨。水面清圆，一一风荷举。"②此真能得荷之神理者。觉白石③《念奴娇》④《惜红衣》⑤二词，犹有隔雾看花之恨。

① 美成：周邦彦。

② "叶上"三句：出自北宋词人周邦彦《苏幕遮》。

③ 白石：姜夔。

④姜夔《念奴娇》："闹红一舸，记来时，尝与鸳鸯为侣。三十六陂人未到，水佩风裳无数。翠叶吹凉，玉容销酒，更洒菰蒲雨。嫣然摇动，冷香飞上诗句。日暮。青盖亭亭，情人不见，争忍凌波去。只恐舞衣寒易落，愁入西风南浦。高柳垂阴，老鱼吹浪，留我花间住。田田多少？几回沙际归路。"

⑤姜夔《惜红衣》："簟枕邀凉，琴书换日，睡余无力。细洒冰泉，并刀破甘碧。墙头唤酒，谁问讯、城南诗客。岑寂。高柳晚蝉，说西风消息。　虹梁水陌，鱼浪吹香，红衣半狼藉。维舟试望故国。眇天北。可惜渚边沙外，不共美人游历。问甚时同赋，三十六陂秋色。"

译文

周邦彦《苏幕遮》词："叶上初阳干宿雨，水面清圆，一一风荷举。"真是深得荷花神采肌理的好句子啊。而姜夔《念奴娇》《惜红衣》这两首同样写荷花的词作，怎么看都如同隔雾看花，实在遗憾。

评注

王攸欣《选择·接受与疏离：王国维接受叔本华、朱光潜接受克罗齐美学比较研究》：王国维的境界是理念在作品中的真切表现。首先，诗人必须能够静观到理念；其次，当理念在文本中传达出来后须能唤起读者的静观。这两个条件都达到了，作品中的情境就可称为不隔，只要一个条件没有达到，便是隔。

陈咏《略谈"境界"说》：周美成《苏幕遮》词描出了鲜明生动的荷的形象，而白石的二首词，固然说了很多有关荷的话，可是却没有勾勒出一个鲜明生动的荷的形象来，因此也就有了所谓"隔雾看花"之感了。

邱世友《"神与物游"的神思论——〈文心雕龙〉探究之二》：

周美成《苏幕遮》词："叶上初阳干宿雨，水面清圆，一一风荷举。"看去似乎没有主观的作用，但"荷之神理"具现，这和作者在静观时体物悠闲的情志不无关系。"采菊东篱下，悠然见南山"，诗人之闲情逸志（致），与菊自然妙会就更不必说了。这些都是通过作家的主观作用使自然得以揭示其内在联系的结果。

【三七】

东坡①《水龙吟》②咏杨花，和韵而似原唱。章质夫③词④，原唱而似和韵。才之不可强也如是！

① 东坡：苏轼。

② 苏轼《水龙吟·次韵章质夫杨花词》："似花还似非花，也无人惜从教坠。抛家傍路，思量却是，无情有思。萦损柔肠，困酣娇眼，欲开还闭。梦随风万里，寻郎去处，又还被、莺呼起。不恨此花飞尽，恨西园、落红难缀。晓来雨过，遗踪何在？一池萍碎。春色三分，二分尘土，一分流水。细看来不是杨花，点点是离人泪。"

③ 章质夫：章楶（？—1106），字质夫。北宋词人。

④ 章质夫《水龙吟·杨花》："燕忙莺懒芳残，正堤上、柳花飘坠。轻飞乱舞，点画青林，全无才思。闲趁游丝，静临深院，日长门闭。傍珠帘散漫，垂垂欲下，依前被、风扶起。兰帐玉人睡觉，怪春衣、雪沾琼缀。绣床旋满，香球无数，才圆却碎。时见蜂儿，仰粘轻粉，鱼吞池水。望章台路杳，金鞍游荡，有盈盈泪。"

译文

苏轼《水龙吟》一词歌咏杨花，本是和韵，却好像原唱。章质夫《水龙花》咏柳絮，本是原唱，却好像是和韵。所以说，词人的才华和文采是不可强求的。

评注

杨柏岭《张惠言的词学史地位及其〈茗柯词〉之价值》：在前人笔下，"杨花"多是轻俏柔媚形象，屡遭讥讽，成为惩劝世风的反面教材。至苏轼《水龙吟·次韵章质夫杨花词》云"细看来，不是杨花，点点是离人泪"，把这个"似花还似非花"的杨花物象与思妇形象重合，可谓一大发展。故王国维《人间词话》三十七则云"章质夫词，原唱而似和韵，才之不可强也如是"，肯定了苏轼"和韵而似原唱"的创造性才思。

刘逸生《宋词小札》：苏轼当然是文章能手。他知道咏物而被物象所束缚，就不能不陷于工匠似的死板刻画，何况在刻画方面，原作者章楶已经取得了相当高的成就，假如沿着这条路子去追赶他，显然是笨拙的，所以他才有意拔高一筹，让物象更多地染上人的主观色彩，更多地显示人的性情品格，于是杨花同人的感情就像是更加贴近了。

吴宏一《王静安境界说的分析》：王静安说东坡《水龙吟·咏杨花》，和韵而似元（原）唱，那就是因为东坡才高所致，故所题虽咏杨花，却只见东坡情性。同样的，词话中之论白居易、吴伟业之优劣，梅溪、梦窗、玉田、草窗诸家词之失于肤浅，也都可以窥见他是极重视天才的。

周振甫《诗词例话》：这里的杨花，即指柳絮。章词写在春残时，柳絮飞坠，飞到青林里，飞到深院里，碰在珠帘上，又被风吹去，飞到春衣上，飞到绣床上，掉到池里，被鱼吞下。这里都在写柳絮。

【三八】

咏物之词，自以东坡①《水龙吟》为最工，邦卿②《双双燕》③次之。白石④《暗香》⑤《疏影》⑥格调虽高，然无一语道著，视古人"江边一树垂垂发"⑦等句何如耶？

注释

①东坡：苏轼。

②邦卿：史达祖，字邦卿，号梅溪，汴梁（今河南开封）人。南宋词人。

③史达祖《双双燕》（咏燕）："过春社了，度帘幕中间，去年尘冷。差池欲住，试入旧巢相并。还相雕梁藻井，又软语商量不定。飘然快拂花梢，翠尾分开红影。芳径，芹泥雨润。爱贴地争飞，竞夸轻俊。红楼归晚，看足柳暗花暝。应自栖香正稳，便忘了、天涯芳信。愁损翠黛双蛾，日日画栏独凭。"

④白石：姜夔。

⑤姜夔《暗香》：（辛亥之冬，予载雪诣石湖。止既月，授简索句，且征新声，作此两曲。石湖把玩不已，使工妓隶习之，音节谐婉，乃名之曰《暗香》《疏影》。）"旧时月色，算几番照我，梅边吹笛。唤起玉人，不管清寒与攀摘。何逊而今渐老，都忘却、春风词笔。但怪得竹外疏花，香冷入瑶席。江国，正寂寂，叹寄与路遥，夜雪初积。翠尊易泣，红萼无言耿相忆。长记曾携手处，千树压、西湖寒碧。又片片、吹尽也，几时见得？"

⑥姜夔《疏影》："苔枝缀玉，有翠禽小小，枝上同宿。客里相逢，篱角黄昏，无言自倚修竹。昭君不惯胡沙远，但暗忆、江

南江北。想佩环、月夜归来，化作此花幽独。犹记深宫旧事，那人正睡里，飞近蛾绿。莫似春风，不管盈盈，早与安排金屋。还教一片随波去，又却怨、玉龙哀曲。等恁时、重觅幽香，已入小窗横幅。"

⑦ "江边一树垂垂发，朝夕催人自白头。"语出杜甫《和裴迪登蜀州东亭送客逢早梅相忆见寄》。

译文

咏物的词作，当然以苏轼的《水龙吟》最为工巧，史达祖的《双双燕》排第二。至于姜夔的《暗香》《疏影》二词，格调虽然很高，但却没有一句能够说中根本，显得不真切，你看古人"江边一树垂垂发"这样的诗句如何呀？

评注

陶尔夫，刘敬圻《南宋词史》：其实，这两首词并不一定有什么重大社会价值，但它却能从现实的官感中引发诗兴，摘林逋名句作词牌，适当提炼和化用某些与梅花有关的典故，并由此生发开去，完成他以冷为美的审美独创。

苏缨《人间词话精读》：在王国维的观念里，咏物诗词必须"得其神理"，否则无论写得多好都当不得第一流的作品。在这一点上，王国维与前辈词家的评价分歧其实在于标准的不同。

廖辅叔《谈词随录》：就咏物词的成就而论，张炎认为它（姜夔《暗香》《疏影》）是"自立新意，真为绝唱"。王国维则认为"费解"。实则激赏的固然不免近于溢美，贬抑的也有些故为高论。

【三九】

白石①写景之作，如"二十四桥仍在，波心荡、冷月无声"②"数峰清苦，商略黄昏雨"③"高树晚蝉，说西风消息"④虽格韵高绝，然如雾里看花，终隔一层。梅溪、梦窗⑤诸家写景之病，皆在一"隔"字。北宋风流，渡江遂绝，抑真有运会存乎其间耶？

注释

① 白石：姜夔。

② 姜夔《扬州慢》："淮左名都，竹西佳处，解鞍少驻初程。过春风十里，尽荠麦青青。自胡马窥江去后，废池乔木，犹厌言兵。渐黄昏，清角吹寒，都在空城。杜郎俊赏，算而今、重到须惊。纵豆蔻词工，青楼梦好，难赋深情。二十四桥仍在，波心荡、冷月无声。念桥边红药，年年知为谁生？"

③ 姜夔《点绛唇》："燕雁无心，太湖西畔随云去。数峰清苦，商略黄昏雨。第四桥边，拟共天随住。今何许？凭阑怀古，残柳参差舞。"

④ 见姜夔《惜红衣》（第52页注释）。

⑤ 梅溪、梦窗：梅溪，史达祖。梦窗，吴文英。

译文

姜夔写景的词作当中，譬如"二十四桥仍在，波心荡、冷月无声""数峰清苦，商略黄昏雨""高树晚蝉，说西风消息"等词句，虽然格调高雅绝妙，但读来如同雾里看花，终归隔了一层。

另外，史达祖、吴文英等词人写景的弊病，也都在这一个"隔"字。都说北宋词人的风流在（王室）渡江南下以后就绝迹了，难道真有运数在那中间存在流转吗？

评注

吴征铸《评〈人间词话〉》：既以境界为主，则不当以隔与不隔为优劣之分。何则？雾里看花，倘花之美为雾所隔，则此隔诚足为病矣。今以常理言，花在雾中，颜色姿态各呈特异之观；雾之于花，不似屏障之于几案，截然为二物；盖早已融成一片，共现一冲和静穆之境。此境之美，无待言也。

李建中、秦李《人间词话》：北宋词的创作已经形成了一个高峰，南宋词在这个基础上另辟蹊径，有所超越和发展，也形成了一些不同于以往的因素，名作名家丝毫不亚于当年。"北宋风流，渡江遂绝"，王国维此说，不免显得有失偏颇了。

陈兼与《〈人间词话〉述评》：此拈出一"隔"字为主要观点，所谓"隔"亦极抽象，以普通语言说明之，即词中之意识形态，皆须用第一层之语言表现，始为不隔，转一手即为隔。白石之句，何不举《长亭怨》"阅人多矣，谁得似长亭树。树若有情时，不会得青青如此。"曾有隔耶？

【四十】

问"隔"与"不隔"之别，曰：陶①、谢②之诗不隔，延年③则稍隔矣。东坡④之诗不隔，山谷⑤则稍隔矣。"池塘生春草""空梁落燕泥"等二句，妙处唯在不隔。词亦如是。即以一人一词论，如欧阳公⑥《少年游》（咏春草）上半阕云："阑干十二独凭春，晴碧远连云。二月三月，千里万里，行色苦愁人"，语语都在目前，便是不隔；至云"谢家池上，江淹浦畔"，则隔矣。白石⑦《翠楼吟》："此地。宜有词仙，拥素云黄鹤，与君游戏。玉梯凝望久，叹芳草、萋萋千里"便是不隔；至"酒祓清愁，花消英气"，则隔矣。然南宋词虽不隔处，比之前人，自有浅深厚薄之别。

注释

①陶：陶渊明（352 或 365 或 372 或 376—427），字元亮，又名潜，私谥"靖节"，世称靖节先生，浔阳柴桑人，东晋末至南朝宋初期伟大的诗人、辞赋家。

②谢：谢灵运（385—433），原名公义，字灵运，小名客儿，世称谢客。南北朝时期杰出的诗人、文学家、旅行家。

③延年：颜延之（384—456），字延年，南朝宋文学家。琅邪临沂（今山东临沂）人。与谢灵运齐名，时称"颜谢"。

④东坡：苏轼。

⑤山谷：黄庭坚（1045—1105），字鲁直，号山谷道人，晚号涪翁，洪州分宁（今江西修水县）人。与苏轼齐名，世称"苏黄"。

⑥欧阳公：欧阳修。

⑦白石：姜夔。

译文

有人问"隔"与"不隔"之间的区别，我说：陶渊明、谢灵运的诗不隔，颜延之的诗就稍微隔了。苏轼的诗不隔，黄庭坚的诗就稍微隔了。"池塘生春草""空梁落燕泥"这两句诗，它们的妙处就是不隔。词也一样。如果用一个人的一首词来评论的话，欧阳修《少年游》（咏春草）上半阕所写的"阑干十二独凭春，晴碧远连云。二月三月，千里万里，行色苦愁人"，每句话读来如在眼前，这便是不隔；后面写到"谢家池上，江淹浦畔"，也就隔了。姜夔《翠楼吟》所写的"此地。宜有词仙，拥素云黄鹤，与君游戏。玉梯凝望久，叹芳草、萋萋千里"，这便是不隔。后面写到"酒祓清愁，花消英气"，也就隔了。但是，南宋的词作虽说有不隔处，与北宋词人相比的话，还是有深浅厚薄的差别。

评注

王水照《况周颐与王国维：不同的审美范式》：王国维此句在手稿本中原作"问'真'与'不隔'之别"，其"不隔"即是对"真"的追求，真情、真景，"语语都在目前，便是不隔"；把"烟水迷离之致"写得如身历其境，也就达到了"不隔"的要求。"雾里看花当然是隔；但是，如果不想看花，只想看雾，便算得'不隔'了。"对王国维的"不隔"说，钱氏幽默地说："我们不愿也隔着烟雾来看'不隔'说。"

谷永《王静安先生之文学批评》：明先生第一形式第二形式之论，则可以言先生隔与不隔之说矣。余谓先生隔不隔之说，亦出于其美学上之根据。何以言之？曰自然之景物，其优美者如碧水朱花，宏壮者如疾风暴雨，其接于吾人之审美力也，直接用第一形式，故觉其真切而不隔。

【四一】

"生年不满百，常怀千岁忧。昼短苦夜长，何不秉烛游"①"服食求神仙，多为药所误。不如饮美酒，被服纨与素"②，写情如此，方为不隔。"采菊东篱下，悠然见南山。山气日夕佳，飞鸟相与还""天似穹庐，笼盖四野。天苍苍，野茫茫，风吹草低见牛羊"，写景如此，方为不隔。

①《古诗十九首》第十五："生年不满百，常怀千岁忧。昼短苦夜长，何不秉烛游？为乐当及时，何能待来兹。愚者爱惜费，但为后世嗤。仙人王子乔，难可与等期。"

②《古诗十九首》第十三："驱车上东门，遥望郭北墓。白杨何萧萧，松柏夹广路。下有陈死人，杳杳即长暮。潜寐黄泉下，千载永不寤。浩浩阴阳移，年命如朝露。人生忽如寄，寿无金石固。万岁更相送，圣贤莫能度。服食求神仙，多为药所误。不如饮美酒，被服纨与素。"

译文

《古诗十九首》中有"生年不满百，常怀千岁忧。昼短苦夜长，何不秉烛游""服食求神仙，多为药所误。不如饮美酒，被服纨与素"，写情能到这种地步，才可以说不隔。陶渊明"采菊东篱下，悠然见南山。山气日夕佳，飞鸟相与还"，《敕勒歌》"天似穹庐，笼盖四野。天苍苍，野茫茫，风吹草低见牛羊"，写景写到此种地步，才可以说不隔。

评注

王苏《王国维"境界说"的禅宗意蕴》："不隔"，也就是，在格调的基础上，实写其情，实写其景，这样就有"境界"有高格，真实地给欣赏者展现出一幅自然图画，使读者能够感觉出其情其景，欣赏其高格。

叶嘉莹《人间词话：叶嘉莹讲评本》：缺乏真切的感受或不

能予以真切的表达，应该才是真正造成"隔"的主要原因，这是我们从《人间词话》所举的"隔"的词例与其理论基础相配合都足可得到证明的。

詹安泰《词境新诠》：王氏之隔不隔，正犹余所假定之惝恍之境与纯真之境。所不同者，王氏以之为优劣之标准，而余则以为隔之境有优劣，不隔之境亦有优劣，隔与不隔系境界问题而非优劣问题耳。

【四二】

古今词人格调之高，无如白石①。惜不于意境上用力，故觉无言外之味，弦外之响，终不能与于第一流之作者也。

注释

① 白石：姜夔。

译文

自古至今，词人的格调高绝，没有比得上姜夔的。可惜的是他不在意境上下功夫，所以总觉得他的词没有言外之味、弦外之响，最终仍不能把他列为第一流的词作者。

评注

黄保真、成复旺、蔡钟翔《中国文学理论史》："格调高"，是艺术家精神气质的特点与艺术修养的高度，在艺术中的物化；"境界浅"则是在艺术境界的形成阶段早就确定了的。艺术家的艺术修养的高低，表现在物化过程中，即为驾御语言文字和物质材料的能力，这能力只能影响已在头脑中形成的境界的物化程度，而不能把本来形成的极浅的意境深化。

黄永健《境界、意境辨——王国维"境界"说探》：此则盛赞白石格调之高，也即表现手法之高超，这儿的"意境"既不是"意余于境"之境，也不是"境多于意"之境，而是"意与境浑"之最高词境，即"真切地表现了人类的内在本性，生命意义的万古同悲情怀"。

汤大民《王国维"境界"说试探》：显然，王氏主张境界是明朗自然与含蓄凝炼（练）的辩证统一。含蓄由于同明朗自然联系在一起，就不是"含而不露"，故弄玄虚，叫人猜上半天才能明了其意，一旦明了，也就无味，而是一睹即明，却又余味不尽。即所谓"深衷浅貌，短语长情"，艺术容量极其深广。

【四三】

南宋词人，白石①有格而无情，剑南②有气而乏韵。其堪与北宋人颉颃者③，唯一幼安④耳。近人祖南宋而祧北宋⑤，以南宋之词可学，北宋不可学也。学南宋者，不祖白石，则祖梦窗⑥。以白石、梦窗可学，幼安不可学也。学幼安者，率祖其粗犷、滑稽，以其粗犷、滑稽处可学，佳处不可学也。幼安之佳处，在有性情，有境界。即以气象论，亦有"横素波、干青云"之概，宁后世龌龊小生所可拟耶？

注释

① 白石：姜夔。

② 剑南：陆游（1125—1210），字务观，号放翁，山阴（今

浙江绍兴）人。南宋著名爱国诗人。

③颉颃者：不相上下的人。

④幼安：辛弃疾（1140—1207），字幼安，号稼轩，山东历城（今济南市历城区）人，南宋豪放派词人，人称"词中之龙"，与苏轼合称"苏辛"，与李清照并称"济南二安"。

⑤近人祖南宋而祧北宋：近人把南宋当作自己学词的祖宗，却把北宋当作远祖进行舍弃。祧，原指祭远祖的庙，后来指继承上代。

⑥梦窗：吴文英。

译文

南宋的词人，姜夔的词有格调但无情趣，陆游的词有气势但无韵味。其中能够与北宋词人一比高低的，只有辛弃疾一人了。近人把南宋当作自己学词的祖宗，却把北宋当作远祖进行舍弃，这是因为南宋的词容易学，而北宋的词难学的缘故啊。再说学南宋词的人，不是师从姜夔就是师从吴文英，这是因为他们两个的词容易学，而辛弃疾的词难学的缘故啊。也有学辛弃疾的人，全部学他的粗犷和滑稽，因为这些方面容易学，而真正好的方面难学啊。辛弃疾的好处在于有性情、有境界，如果单从气象来说，也有"横素波、干青云"的气概，这哪是后人当中那些龌龊小辈所能比拟的呢？

评注

吴奔星《王国维的美学思想——"境界"论》：他（王国维）认为"后世醒龊小生"舍本逐末，"学幼安者率祖其粗犷滑稽，以其粗犷滑稽处可学，佳处不可学也"。这就是说，后人只学习辛弃疾词的皮毛——语言方面的粗犷滑稽，而不去学习他的长处——有性情，有境界，有气象。

罗钢《传统的幻象：跨文化语境中的王国维诗学》：其实，"可学"与"不可学"就是独创与摹仿这一二元对立思想结构的一种变体。为什么北宋词不可学呢？因为它是天才的作品，是独创性的，不可摹仿的。而南宋词则是人力所致，是有规则可循的，因此是可以习得的。

冯友兰《中国近代美学的奠基人——王国维》：王国维认为，北宋的词所以高于南宋者就在于有很高的意境，后者只在格律技巧上用功夫，后人都学南宋，不学北宋，因为意境是不可学的，格律技巧是可以学的，但是如果仅在格律技巧上取胜，那就不是艺术，至少不是艺术的上乘。

彭玉平《人间词话疏证》：王国维提出南宋惟一幼安堪与北宋抗衡，从现在看来，不免有英雄欺人之嫌，但他看重的是幼安《摸鱼儿》《贺新郎》《祝英台近》等"俊伟幽咽"的作品，此"俊伟幽咽"实可与"深美闳约"相通，其推崇幼安，着眼的是幼安与北宋词的相通。

【四四】

东坡①之词旷，稼轩②之词豪。无二人之胸襟而学其词，犹东施之效捧心也。

注释

① 东坡：苏轼。

② 稼轩：辛弃疾。

译文

苏轼的词旷达，辛弃疾的词豪迈。没有他们二人的胸襟而又想学习他们的词，就好像东施仿效西施捧心，适得其反。

评注

肖鹰《"天才"的诗学革命——以王国维的诗人观为中心》：王国维认为，诗词境界的创作，必须以自我胸襟（精神境界）的锻炼、提升为前提。没有相当层次的胸襟，就不能创作相当水平的诗词境界。

周锡山《王国维美学思想研究》：他对苏轼词的总体看法是"东坡之词旷"而且"狂"，而其词以"胸襟"为基础，"雅量高致"贯穿其中，"有伯夷、柳下惠之风"。

李康化《从清旷到清空——苏轼、姜夔词学审美理想的历史考察》：我们并不否认词史中"苏辛"并称的理由：在对词的观念和功能的看法以及题材的扩大和深化上，特别是使词脱离音乐的束缚进而发展成为一种以抒情为主的长短句格律诗，他们之间有着明显的继承和发展关系。但他们之间的相似点仅限于这些文本形式外在方面，一旦超越了这个范围，尤其是在具体的人生态度、审美趣味等深层精神风韵方面，则罕有其相同点。

【四五】

读东坡、稼轩①词，须观其雅量高致，有伯夷、柳下惠之风。白石②虽似蝉蜕尘埃③，然终不免局促辕下④。

① 东坡、稼轩：东坡，苏轼。稼轩，辛弃疾。
② 白石：姜夔。
③ 蝉蜕尘埃：夏蝉蜕皮，脱去尘埃。
④ 局促辕下：如同被车辕束缚住的马驹。

译文

　　读苏轼和辛弃疾的词，必须多观摩他们的雅量高致，有古圣贤伯夷、柳下惠之风格。姜夔虽然也好像夏蝉蜕皮，脱去尘埃，但与他们比较起来，就难免显得局促如同被车辕束缚住的马驹了。

评注

　　彭玉平《有我、无我之境说与王国维之语境系统》：所谓"雅量高致"其实就是"胸襟"的内涵。只有具备了这样的胸襟，才有可能从具体的现象中超脱出来，发现更深层、更本质的内涵。要达致无我之境，正需要有这样的胸襟来支撑。

　　苏缨《人间词话精读》：王国维这一褒一贬，归根结底是从"真"的角度出发，这三位词人的作品其实都有"雅量高致"，所区别者，苏、辛的雅量高致是从胸襟、肺腑自然流出，姜夔的雅量高致在王国维看来却有点作伪的意思，是自己把自己拔到那个高度的。

　　施议对《人间词话译注》：上文论"胸襟"，突出其宽广及豪壮，这里论"雅量"，侧重其品格，二者还是有所区别的。从苏、辛两人的生活经历及处世态度看，所谓"伯夷、柳下惠之风"，所指当是十分讲究名节的士大夫作风。

【四六】

苏、辛①词中之狂，白石②犹不失为狷。若梦窗③、梅溪④、玉田⑤、草窗⑥、西麓⑦辈，面目不同，同归于乡愿⑧而已。

注释

①苏、辛：苏轼、辛弃疾。

②白石：姜夔。

③梦窗：吴文英。

④梅溪：史达祖。

⑤玉田：张炎（1248—1320？），南宋最后一位著名词人，字叔夏，号玉田，又号乐笑翁。祖籍秦州成纪（今甘肃天水），寓居临安（今浙江杭州）。

⑥草窗：周密（1232—1298），字公谨，号草窗，又号霄斋、蘋洲、萧斋，晚年号四水潜夫、弁阳老人、弁阳啸翁、华不注山人，宋末曾任义乌县令等职，南宋词人、文学家。祖籍济南，先人因随高宗南渡，流寓吴兴（今浙江湖州区），置业于弁山南。

⑦西麓：陈允平，字君衡，一字衡仲，号西麓，南宋末年、元朝初年词人。四明鄞县（今浙江宁波市鄞州区）人。

⑧乡愿：也作乡原。指的是相貌忠厚，实际上只知道媚俗趋势的人。语出《论语·阳货》："子曰：'乡原，德之贼也。'"

译文

苏轼和辛弃疾是词人中的狂者。姜夔可以算作是狷者。至于吴文英、史达祖、张炎、周密、陈允平等词人，虽然各有风格，同样终归于只知道媚俗趋时的路人。

评注

　　佛雏《王国维诗学研究》：他之所以宁取词中的"狂""狷"，而深恶"乡愿"，甚至将南宋末期诸家词比之"腐烂制艺"，持论之"苛"如此，理由就在，"狂""狷"虽失之偏，犹有其自家"美"的理想在，而"乡愿"则俯仰依人，非无可非，刺无可刺。

　　叶嘉莹《人间词话：叶嘉莹讲评本》：当宋、金议和以后，边境少事，虽江山半壁，但幸可以苟安，而辛词一派之末流，也逐渐流入了粗犷叫嚣，于是周词之重视勾勒安排、以典雅工丽为美的词风，遂在此种社会与文学之双重背景中，得到了酝酿滋生的土壤。

　　祖保泉《关于王国维三题》：王国维对南宋吴梦窗、周草窗、张玉田等人的词，评价很低，这也是从内容与形式统一的标准去衡量的。梦窗、草窗、玉田等人的词，大多数是有篇而无句的东西，颇有形式主义的弊病。王氏那么评价他们，不能说是过分。

【四七】

　　稼轩①中秋饮酒达旦，用《天问》体作《木兰花慢》以送月曰："可怜今夕月，向何处，去悠悠？是别有人间，那边才见，光影东头。"词人想象，直悟月轮绕地之理。与科学家密合，可谓神悟。

注释

　　① 稼轩：辛弃疾。

译文

辛弃疾在中秋饮酒达旦，用《天问》体作《木兰花慢》以送月道："可怜今夕月，向何处，去悠悠？是别有人间，那边才见，光影东头。"词人依靠自己的想象，居然直观地领悟出月亮围绕地球运行的天理，与当今科学家的研究成果符合，可以称之为神悟了。

评注

吴承学、沙红兵《古代文学研究的历史想象——超越"前理解"与"还原历史"的二元对立》：千百年来，多少人读此词，评此词，然而王国维《人间词话》所评绝对与众不同。……如果没有西方科学的知识背景作为评论家的前理解，这种在传统文学创作与批评中匪夷所思的妙想是绝对不可能产生的。

李建中、秦李《人间词话》：古书中不乏对于宇宙之探求者。如《文选》注引《河图》："地常动移而人不知，譬如闲舟而行，不觉舟之运也。"这样接近科学事实的猜测并不少，稼轩词中之问，渊源即在于此，静安以为"神悟"，是孤陋寡闻耳。

聂振斌《中国艺术精神的现代转化》：从创作的角度看，文学作品是知识、想象与感情结合的产物。感情对于文学创作和审美活动非常重要，是贯彻始终的根本动力，但文学活动和文学作品之构成又不是感情单方面的事。

【四八】

周介存①谓："梅溪②词中，喜用'偷'字，足以定其品格。"刘融斋③谓："周④旨荡而史⑤意贪。"此二语令人解颐⑥。

① 周介存：周济。

② 梅溪：史达祖。

③ 刘融斋：刘熙载。

④ 周：周邦彦。

⑤ 史：史达祖，即前文说的"梅溪"。

⑥ 解颐：谓开颜欢笑。颐，面颊。

译文

　　周济说："史达祖的词中，喜欢用'偷'字，完全可以用这个字来断定他这个人的品格了。"刘熙载也说："周邦彦词作旨趣放荡，而史达祖的词作旨意贪婪。"这两句评论读来让人不禁为之开颜欢笑。

评注

　　邓乔彬《〈人间词话〉的境界说》：叔本华的学说在强调审美观照时具有只求"纯美"的特点，王国维受其影响，在《人间词话》中也强调文艺的非功利性。但是，由于我国传统诗论对"善"的强调，王国维受其影响，也认为"内美"和"修能""不能缺一"，词为抒情之作，尤应重内美，因而批评"周旨荡而史意贪"，肯定诗中屈、陶、杜，词中苏、辛等人。

　　吴洋《人间词话手稿本全编》：周邦彦的词富丽精工，又多作艳语，如《风流子》："……"又如《少年游》："……"如此狎昵，难怪刘熙载谓之"荡"也。史达祖的词则"用笔多涉尖新"，过于"极妍尽态"，有很浓的富贵气，缺乏意境和气骨，"偷""贪"二字，便是他过度追求雕琢所致。

　　邱世友《刘熙载的词品说》："论词莫先于品"，这确是独到之见！周邦彦词多写他和妓女的恋情，这些主题不但缺乏社会理想，没有揭露和批判当时的社会现实，而淫情荡旨宣泄于富艳精工的艺术形式中。所以"当不得一个'贞'字"。

【四九】

介存①谓：梦窗②词之佳者，如"水光云影，摇荡绿波，抚玩无极，追寻已远"。余览《梦窗甲乙丙丁稿》中，实无足当此者；有之，其"隔江人在雨声中，晚风菰叶生秋怨"二语乎？

注释

① 介存：周济。
② 梦窗：吴文英。

译文

周济评论说：吴文英写得好的词，如同"水光云影，摇荡绿波，抚玩无极，追寻已远"。我看完吴文英的《甲乙丙丁稿》，却觉得当中实在没有一阕词足以和以上的评论相称。如果真的有，"隔江人在雨声中，晚风菰叶生秋怨"这两句算不算？

评注

钱鸿瑛《梦窗词研究》：王国维从"境界说"的重视"有真感情""写真景物"的词学观出发，不满梦窗抒情、写景中的"隔"，独独赞赏其"隔江人在雨声中，晚风菰叶生秋怨"的真切自然，是可以理解的。

陈邦炎《唐宋词鉴赏辞典》：为什么连最不喜欢梦窗词的王国维也对这两句词加以赞赏，并称其足以当得起周济的那四句话呢？这不仅是因为这两句所摄取的眼前景物——"雨声""晚风""菰叶"，既衬托出，也寄寓着作者梦醒后难以言达的情思和哀怨，兼有以景托情和融情入景之妙；还因为这两句词的意境，空灵蕴藉，耐人寻绎，既合乎沈义父所说的"结句须要放开，含有余不尽之意"（《乐府指迷》），也做到沈谦所说的"以迷离称隽"（《填词杂说》）。

【五十】

梦窗①之词，吾得取其词中之一语以评之，曰："映梦窗，零乱碧。"②玉田③之词，亦得取其词中之一语以评之，曰："玉老田荒。"④

注释

① 梦窗：吴文英。

② 吴文英《秋思》（荷塘，为括苍名姝求赋其听雨小阁）："堆枕香鬟侧。骤夜声、偏称画屏秋色。风碎串珠，润侵歌板，愁压眉窄。动罗箑清商，寸心低诉叙怨抑。映梦窗，零乱碧。待涨绿春深，落花香泛，料有断红流处，暗题相忆。欢酌。檐花细滴。送故人、粉黛重饰。漏侵琼瑟，丁东敲断，弄晴月白。怕一曲《霓裳》未终，催去骖凤翼。叹谢客、犹未识。漫瘦却东阳，灯前无梦到得。路隔重云雁北。"

③ 玉田：张炎。

④ 张炎《祝英台近》（与周草窗话旧）："水痕深，花信足，寂寞汉南树。转首青荫，芳事顿如许。不知多少消魂，夜来风雨。犹梦到、断红流处。最无据。长年息影空山。愁入庾郎句。玉老

田荒，心事已迟暮。几回听得啼鹃，不如归去。终不似、旧时鹦鹉。"

译文

吴文英的词，我从他的词作中挑一句出来进行评价，叫作"映梦窗，零乱碧"。意思是指吴文英的词扑朔迷离、无迹可寻。张炎的词，我也从他的词作中挑一句出来进行评价，叫作"玉老田荒"。意思是指有种身世浮沉、国破家亡的感慨。

评注

李梦生《〈人间词话〉导读》：张炎号玉田，是南宋末著名词人，宋亡以后，落魄以终。由于目击国家沦亡，所以词多苍凉激楚，备写身世之感，沉郁而以清超出之。但词风局促，没有气魄，又片面追求声律字句，周济说他"只在字句上著功夫，不肯换意"。因此王国维用他《祝英台近》词中"玉老田荒"来评点，就是不满他陈陈相因，没有新意。

苏缨《人间词话精读》：王国维以"映梦窗，零乱碧"所讥讽的风格，其实正是朦胧诗特有的魅力，诗人着力打造的正是这种扑朔迷离的零乱感。

杨海明《张炎词研究》：王氏之论，虽不免有它失之于偏颇之处（比如他偏好"不隔"的风格而一概排斥"隔"的作品，即是一例），但抉剔姜、张词的缺点，却是入木三分的—— 当然也有过分严厉和苛求之处。

【五一】

　　“明月照积雪”“大江流日夜”“中天悬明月”“长河落日圆”①，此种境界，可谓千古壮观。求之于词，唯纳兰容若②塞上之作，如《长相思》之“夜深千帐灯”③，《如梦令》之“万帐穹庐人醉，星影摇摇欲坠”④差近之。

注释

　　①“明月照积雪，朔风劲且哀。”语出谢灵运《岁暮》。“大江流日夜，客心悲未央。”语出谢朓《暂使下都夜发新林至京邑赠西府同僚》。“中天悬明月，令严夜寂寥。”语出杜甫《后出塞》（之二）。“大漠孤烟直，长河落日圆。”语出王维《使至塞上》。

　　②纳兰容若：纳兰性德（1655—1685），字容若，号楞伽山人，清代八旗正黄旗人。清代著名词人。

　　③纳兰性德《长相思》：“山一程，水一程。身向榆关那畔行，夜深千帐灯。风一更，雪一更。聒碎乡心梦不成，故园无此声。”

　　④纳兰性德《如梦令》：“万帐穹庐人醉，星影摇摇欲坠。归梦隔狼河，又被河声搅碎。还睡，还睡，解道醒来无味。”

译文

　　“明月照积雪”“大江流日夜”“中天悬明月”“长河落日圆”，这些诗句所体现的种种境界，都可以说是千古壮观了。如果要在词中找出类似的句子来，只有纳兰容若的塞上之作，譬如《长相思》中的“夜深千帐灯”、《如梦令》中的“万帐穹庐人醉，星影摇摇欲坠”比较接近了。

评注

彭玉平《人间词话疏证》：纳兰之"夜深帐灯"若无一"千"字，其实无关乎"壮"字，"穹庐人醉"若无一"万"字，也是婉约常境，但纳兰著一"千"字、一"万"字，则集婉约而成壮观，变幽晦而成通明，故一字可令词婉约，一字亦可令词豪放。点化之间，方见笔力。

黄拔荆《中国词史》（下卷）：二词境界苍茫阔大，气势恢宏豪宕，情绪又悲苦凄凉，这种外景与内情的强烈反差，正是纳兰边塞词所独具的风格。

方智范、邓乔彬、周圣伟、高建中《中国词学批评史》："'明月照积雪''大江流日夜''中天悬明月''黄（长）河落日圆'，此种境界，可谓千古壮观。"这里的"境界"及"境界有大小"之论，与王夫之《姜斋诗话》"有大景，有小景，有大景中小景"之说，似并无区别。

【五二】

纳兰容若①以自然之眼观物，以自然之舌言情。此由初入中原，未染汉人风气，故能真切如此。北宋以来，一人而已。

注释

①纳兰容若：纳兰性德。

译文

纳兰容若能够以自然之眼观物，以自然之舌言情，这是因为他刚从关外进入中原，没有被汉人的不良风气所沾染，所以才能有真切的性情。自北宋以来，只有他一个人能够这样了。

叶嘉莹《人间词话：叶嘉莹讲评本》：我们如果从纳兰生平的学习经历来看，则据其《墓志铭》《神道碑》与《年谱》等资料之所记叙，则我们自可见到纳兰之所以有今日之成就，实在正是由于他热心追求和学习汉文化之结果。

叶秀山《也谈王国维的"境界"说》：他这里的"以自然之眼"的"自然"，并不是一般意义上的自然，而就是所谓人类心灵的自然状态，也就是"赤子之心"。在王国维看来，纳兰容若初到中原，还没有受到坏习气的熏染，还保存了他的"赤子之心"，所以王国维才赞叹他为"北宋以来，一人而已"。

李建中、秦李《人间词话》：纳兰性德的词清新婉丽，独具真情锐感，直指本心，风格清新隽秀，哀感顽艳，有南唐后主遗风。在他生前刻本出版后产生过"家家争唱"的轰动效应。在他身后，纳兰被誉为"清朝第一词人"，清家词话和学者均对他评价甚高。

【五三】

陆放翁[①]跋《花间集》，谓："唐季、五代，诗愈卑，而倚声者辄简古可爱。能此不能彼，未可以理推也。"《提要》驳之，谓："犹能举七十斤者，举百斤则蹶，举五十斤则运掉自如。"其言甚辨。然谓词必易于诗，余未敢信。善乎陈卧子[②]之言曰："宋人不知诗而强作诗，故终宋之世无诗。然其欢愉愁怨之致，动于中而不能抑者，类发于诗余，故其所造独工。"五代词之所以独胜，亦以此也。

注释

① 陆放翁：陆游。

② 陈卧子：陈子龙（1608—1647），字卧子，号大樽，松江华亭（今上海松江）人。明末诗人。

译文

陆游在为《花间集》作跋的时候说道："唐末、五代以来，诗越来越卑微，而词却显得简古可爱，能写词不能写诗，真不知是什么道理呀。"《四库提要》驳斥他说："这就好比是举重，能举七十斤的人，让他举一百斤就会蹶倒，而让他举五十斤就轻松自如了。"这话好像是把道理辨别得很清楚了。但如果要说词比诗容易写，我是不能信服的。还是明末的陈子龙说得好："宋人不知道什么叫诗却要强写诗，所以宋初到宋末都没有什么好诗。但他们欢愉愁苦到了极点，情动于中而无法抑制的时候，于是凭借诗以外的载体来抒发情感，所以独擅词作，妙绝一代。"五代的词作之所以能独占鳌头，也是这个缘故啊。

评注

吴洋《人间词话手稿本全编》：王国维重新为词学正名，显示了他思想中现代性的一面，然而他同时也不能摆脱传统的定式，这一点在他对宋诗和南宋词的偏见中表露无遗。

陈兼与《〈人间词话〉述评》：文体有嬗变，惟无难易。提要重诗而轻词，以为词易于诗，陈卧子以宋无诗，故有词，先生以一体之文学，后不如前，皆属一偏之论。至文体之始盛终衰，先生所言，亦偏于文人之主观方面，谓穷而别谋出路。

刘锋杰、章池《人间词话百年解评》：陆游承认由诗及词，词作简古可爱，这是不轻视词。但对何以词作可爱，何以词能取代诗而起，显然未作解释，是知其然不知其所以然。

【五四】

四言敝而有《楚辞》，《楚辞》敝而有五言，五言敝而有七言，古诗敝而有律绝，律绝敝而有词。盖文体通行既久，染指遂多，自成习套。豪杰之士，亦难于其中自出新意，故遁而作他体，以自解脱。一切文体所以始盛终衰者，皆由于此。故谓文学后不如前，余未敢信。但就一体论，则此说固无以易也。

译文

四言衰败产生了《楚辞》，《楚辞》衰败产生了五言，五言衰败产生了七言，古诗衰败产生了律诗绝句，律诗绝句衰败产生了词。这是因为一种文体通行久了，写的人也就多了，慢慢地就会形成套路和习气。最后即使是诗词中的豪杰能人，也很难从中自出机杼，写出什么新意来，于是避开旧文体另创新文体，从新的文体中去求得白由和新意。一切文体，往往是从开始的繁盛发展到最后的衰败，都是由于这个原因。有人说，在文学发展的历史进程中，总是后者不如前者，我不敢信服。但如果单就某一种文体来说，这种说法则又是必然的，千古不易。

评注

钱锺书《谈艺录》：夫文体递变，非必如物体之有新陈代谢，后继则须前仆。譬之六朝俪体大行，取散体而代之，至唐则古文复盛，大手笔多舍骈取散。然俪体曾未中绝，一线绵延，虽极衰于明，而忽盛于清。骈散并峙，各放光明，阳湖、扬州评论家，至有倡奇偶错综者。见近彼作则此亡耶？

谷永《王静安先生之文学批评》：凡一种文学其发展之历程必有三时期：（一）为原始的时期，（二）为黄金的时期，（三）为衰败的时期，此准诸世界而同者。

【五五】

诗之三百篇、十九首，词之五代、北宋，皆无题也。非无题也，诗词中之意，不能以题尽之也。自《花庵》《草堂》每调立题，并古人无题之词亦为之作题。如观一幅佳山水，而即曰此某山某河，可乎？诗有题而诗亡，词有题而词亡。然中材之士，鲜能知此而自振拔者矣。

译文

《诗经》三百篇、《古诗十九首》，五代、北宋的词，都是无题的。其实并非真的无题，而是诗词中的旨意，无法用标题进行概括道尽。自《花庵词选》和《草堂诗余》以来，对每一首诗词都进行标题，甚至连同古人原本无题的词作也加了标题。这就如同欣赏一幅绝妙的山水画，你却明确地告诉观画的人说：这是某山某河，妥当吗？诗有题而诗亡，词有题而词亡。但对于才学一般的人来说，很少有能够明白其中道理，并且振奋自拔的。

评注

苏缨《人间词话精读》：王国维为他的无题主义提供了两点理由，第一点显然站不住脚："诗词中之意，不能以题尽之也。"

题目当然不可能穷尽正文的意思，但谁会要求题目有这样的功能呢？正如一幅1∶100的地图不可能穷尽真实的地形，但谁又会要一幅1∶1的地图呢？

王攸欣《选择·接受与疏离：王国维接受叔本华、朱光潜接受克罗齐美学比较研究》：王国维自己早期的诗词大多没有题目，诗往往取首句两字为题，与李商隐的无题诗一样，词则只有词牌名，但偶尔，尤其后期也用题目，说明他在创作中既遵循其理论，又不把有题看得那么严重，关键还在于诗本身有没有写出境界。

【五六】

大家之作，其言情也必沁人心脾，其写景也必豁人耳目。其辞脱口而出，无矫揉妆束之态。以其所见者真，所知者深也。诗词皆然。持此以衡古今之作者，可无大误矣。

译文

对于达到大家级别的人来说，他的作品所抒发的情感必是沁人心脾的，所描写的景物也必是令人耳目一新的。文中所用的辞句脱口而出，毫无矫揉造作、堆砌繁杂的感觉。这是因为大家对所见的事物真切明了，所了解的道理深邃透彻。同样，作诗作词也如此。我们按照这个标准去衡量古今的诗词作者是否堪为大家，基本就没有什么误判了。

评注

肖鹰《"天才"的诗学革命——以王国维的诗人观为中心》：

王国维为诗人的表现力提出一个标准，即要求诗人在真切深刻地认知人情物理的基础上，明确生动地表现它们。他称之为"大家之作"，也就是把这种表现力定义为天才必须具备的能力。

滕咸惠《中国文艺思想史论稿》：王国维不欣赏卖弄技巧和带有雕琢痕迹的作品，反对描头画脚、追求外在词彩的华美，反对堆砌典故、运用代字，因为这往往造成词意晦暗，形象模糊。

夏中义《世纪初的苦魂》：既然"境界"之"内美"源自诗人活泼的"趣""性""魂"，那么，必定是生气灌注，精力弥满的，也就能天籁似的妙语如珠，出口成章，无论言情写景皆宛然在目，无忸怩造作之痕。借通用术语来说，这正是内容决定形式，形式与内容的完整统一耳。

【五七】

人能于诗词中不为美刺、投赠之篇，不使隶事之句，不用粉饰之字，则于此道已过半矣。

译文

如果一个人能够在诗词创作中，不作虚伪的歌功颂德、惩恶劝世的作品，不作投赠应酬的作品，在作品中不使用典故，不使用替代字，那么，他在诗词创作的道路上已经成功一半了。

评注

李建中、秦李《人间词话》：歌功颂德、讽谏劝诫、文人之间的相互投赠，往往都是敷衍之作，下笔为文而往往并非心里所想，如此之作当然缺乏真情，也就不能打动人心。

刘少雄《南宋姜吴典雅词派相关词学论题之探讨》：这完全是针对南宋词有隔之病而发的。但隔或不隔既然是境界有无的问题，则纵使不用代字、使事而不为事所使、不过分修饰、意象能作直接而显豁的表现，这些还是不能确保其必能达到不隔的境地的，情之真、意之切才是重要的关键。

叶嘉莹《人间词话：叶嘉莹讲评本》：他之反对用典，与他之反对"代字"和"游词"，当然也都仍然是与他以"真切"之感受和表达为主的境界说相为表里的。

【五八】

以《长恨歌》之壮采，而所隶之事，只"小玉双成"四字，才有余也。梅村①歌行，则非隶事不办。白②、吴③优劣，即于此见。不独作诗为然，填词家亦不可不知也！

注释

①梅村：吴伟业（1609—1672），字骏公，号梅村，别署鹿樵生、灌隐主人、大云道人。太仓（今属江苏）人。清初著名诗人。

②白：白居易（772—846），字乐天，晚号香山居士。唐代大诗人。

③吴：吴伟业，即前文的"梅村"。

译文

以白居易《长恨歌》这样的鸿篇诗作，它所用的典故，也只有"小玉双成"四个字，才学仍留有余地。吴伟业咏歌行文，是不用典故就不能写。白居易和吴伟业两人水平的优劣由此可见。不仅是作诗如此，填词的作家也不可不知这个道理呀。

评注

傅孝先《潺潺风——傅孝先作品选集》：不能否认《圆圆曲》比《长恨歌》差很多。主要原因在于它是实写，过于侧重叙事。《长恨歌》却是虚写，可以宛转抒情。

周振甫《诗词例话》：白居易的《长恨歌》写杨贵妃和唐明皇的故事，里面只有"小玉""双成"用典；吴伟业写了很多叙事诗，其中的《圆圆曲》写陈圆圆的故事，是继承《长恨歌》的写法的，里面却用了大量典故；也就是《长恨歌》不隔而梅村歌行隔，所以说梅村歌行不如《长恨歌》。从这些作品来看，王国维虽然只着眼在用典上，但他这样讲还是有理由的，不过这并不是说，用了典就是隔，就是不真切。

【五九】

近体诗体制，以五七言绝句为最尊，律诗次之，排律①最下。盖此体于寄兴言情，两无所当，殆有韵之骈体文耳。词中小令如绝句，长调似律诗，若长调之《百字令》《沁园春》等，则近于排律矣。

注释

①排律：十句以上的律诗，又称长律。一般是五言，也有七言。因按照一般律诗的格式加以铺排延长而成，故称排律，又叫长律。除首尾两联外，中间各联都须对仗。亦可隔句相对，称为扇对。

在近体诗的体制中，以五言、七言绝句为最尊贵，律诗第二，排律则最卑下。这是因为排律无论寄兴还是言情，都非常不适宜，几乎是有韵的骈体文了。词中的小令如同绝句，长调则与律诗相似，而长调中的《百字令》《沁园春》等，就差不多与排律接近了。

评注

吴洋《人间词话手稿本全编》：诗歌的语言极为精炼，这就决定了它们体裁的短小。诗歌应当具有真挚的情感，这又决定了它们不能受到过多格律的限制。五排这种体裁，将诗歌的句数扩大，并且每个句子都要遵从格律的要求，诗人在这种约束之下，必然要以放弃自己的灵感为代价，这就像骈体文因为过分追求对仗和辞藻的华丽而流于形式一样，会导致内容的空虚和艺术活力的丧失。

吴宏一《王静安境界说的分析》：王静安之喜爱小令，可以说是和他的境界说深相关联，因为想在作品中含有不尽之意，那非小令不可。篇幅短，才可以使意味深远，令人抚玩无极；篇幅长，则往往才气不足，不得不隶事用典，排比敷衍，在文字上用工夫。故篇幅短，才能具有"兴象风神"，篇幅长，则宜于咏物酬应。

【六十】

诗人对宇宙人生，须入乎其内，又须出乎其外。入乎其内，故能写之。出乎其外，故能观之。入乎其内，故有生气。出乎其外，故有高致。美成①能入而不能出，白石②以降，于此二事皆未梦见。

注释

① 美成：周邦彦。

② 白石：姜夔。

译文

诗人对待宇宙人生，必须能够深入到内部去，又必须能够跳出到外面来。深入内部去，所以才能写它。跳出外面来，所以才能观察它。深入内部去，所以有生气。跳出外面来，所以才有高致。周邦彦能入不能出。而自姜夔以来的词人，对于出与入这两件事连做梦都没有看见。

评注

聂振斌《王国维美学思想述评》："入"就是"入世"，"出"即"出世"。阅世愈深入，了解到内在本质，才能写得真切，有生气。但是，又要能"出世"，即能超脱，不为利害蒙心，才能对宇宙人生采取静观的态度，也才能使作品的神韵高致。

蒋永青《从"审美"视域走向"境界"——论王国维的"知力意志"说》：这里的"观"，即超越"功利目的"的"直观"。在王国维看来，唯有这种直观，才能穿越"生活之欲"及其感性与理性的局限，从而达到"势力之悟"的"高致"。

【六一】

诗人必有轻视外物之意，故能以奴仆命风月①。又必有重视外物之意，故能与花鸟共忧乐。

① 以奴仆命风月：把风月当作奴仆一样来命令，这里指作者写作手法娴熟、精湛。

译文

诗人必须有轻视外物的态度，这样才能够把风月当作奴仆一样来使唤。但同时又必须要有重视外物的态度，那样才能够与花鸟共同感受忧乐。

评注

叶嘉莹《人间词话：叶嘉莹讲评本》：惟其有"轻视外物"之态度，所以才能使外物皆被我所驱使而不被外物所拘限，因此才能有"出乎其外"的客观观照；又惟其能有"重视外物"之态度，所以才能与一切所写之对象取得生命的共感，因此才能有"入乎其内"的深刻感受。而对于一位真正伟大的作者而言，实在应当同时兼具这两种态度和修养，方可达到既"能观"又"能写"的最高的艺术成就。

吴世昌《词林新话》：静安曰："诗人必有轻视外物之意，故能以奴仆命风月。又必有重视外物之意，故能与花鸟共忧乐。"此二者修辞学上之拟人格耳，无所谓重视轻视也。

【六二】

"昔为倡家女，今为荡子妇。荡子行不归，空床难独守"①"何不策高足，先据要路津？无为守穷贱，辘轲长苦辛"②，可谓淫鄙之尤。然无视为淫词、鄙词者，以其真也。五代、北宋之大词人亦然，非无淫词，读之者但觉其亲切动人。非无鄙词，但觉其精力弥满。可知淫词与鄙词之病，非淫与鄙之病，而游词③之病也。"岂不尔思，室是远而。"子曰："未之思也，夫何远之有？"④恶其游也。

注释

①《古诗十九首》第二："青青河畔草，郁郁园中柳。盈盈楼上女，皎皎当窗牖。娥娥红粉妆，纤纤出素手。昔为倡家女，今为荡子妇。荡子行不归，空床难独守。"

②《古诗十九首》第四："今日良宴会，欢乐难具陈。弹筝奋逸响，新声妙入神。令德唱高言，识曲听其真。齐心同所愿，含意俱未申。人生寄一世，奄忽若飙尘。何不策高足，先据要路津？无为守穷贱，轗轲长苦辛。"

③金应珪《词选》后序："规模物类，依托歌舞。哀乐不衷其性，虑欢无与乎情。连章累篇，义不出乎花鸟。感物指事，理不外乎酬应。虽既雅而不艳，斯有句而无章。是谓游词。"

④《论语·子罕》中有一章："唐棣之华，偏其反而。岂不尔思，室是远而。子曰：未之思也，夫何远之有？"

译文

《古诗十九首》中"昔为倡家女，今为荡子妇。荡子行不归，空床难独守""何不策高足，先据要路津？无为守穷贱，轗轲长苦辛"，这两处可以说是淫荡卑鄙到极点了。但没有人把它们当作淫词和鄙词来读，因为它们表达的是真情感。五代、北宋的大词人也是这样的。并不是没有淫词，读后反而觉得亲切动人。也并不是没有鄙词，读后反而觉得精气弥漫。由此可知淫词与鄙词真正的弊病，不在于淫荡和卑鄙，而是由言不由衷、虚情假意的"游词"所造成的。《论语·子罕》中有一章引用古诗说："岂不尔思，室是远而。"（难道我不思念你吗？是因为你居住得太远了。）孔子反驳说："未之思也，夫何远之有？"（这是没有真正思念哪，如果真的思念了，那还有什么遥远不遥远的呢？）孔子也是厌恶那虚假的游词的。

评注

范宁《关于境界说》：宋朝人说一个人面对境界幽美的自然景物，会赞赏说"如画"，而看到一幅山水画时又说"逼真"。这"逼真"和"如画"正说明真实性和境界的统一。王国维把真和境界串结在一起，比前人只讲境界有虚有实，就更深入了一步。这一点也是王国维在境界说上的一个重要贡献。

苏缨《人间词话精读》：这两首诗的内容，即便在今天的主流道德观里也显得有些龌龊。王国维形容是"可谓淫鄙之尤"，前者是淫荡的极致，后者是卑鄙的巅峰，照理说应该被正人君子深恶痛绝才是。"然无视为淫词、鄙词者，以其真也"，但因为诗歌写得真诚，写得发自肺腑，所以读者并不以淫词、鄙词视之。

【六三】

"枯藤老树昏鸦。小桥流水人家。古道西风瘦马。夕阳西下，断肠人在天涯。"此元人马东篱①《天净沙》小令也。寥寥数语，深得唐人绝句妙境。有元一代词家，皆不能办此也。

注释

①马东篱：马致远（约 1251—1321 以后），字千里，号东篱。大都（今北京）人。元代著名散曲家和戏曲家。

译文

"枯藤老树昏鸦。小桥流水人家。古道西风瘦马。夕阳西下，断肠人在天涯。"这是元朝马致远的小令《天净沙》。寥寥几句话，却深得唐人绝句高妙的境界。在元朝一代其他的词人当中，没人能写出这样的小令来。

评注

刘锋杰、章池《人间词话百年解评》：《天净沙》是曲，不是词。它有唐人绝句的妙境，是因为其有景有情，一切景语皆情语，一切情语皆景语，虽言近而旨远，可读可解，却又读之不厌，解之无尽。

李建中、秦李《人间词话》：马致远的《天净沙》通篇用语自然流畅，全无雕琢之痕迹，读来声韵优美，铿锵顿挫，朗朗上口。句句言愁却不见一个愁字。景色凄凉却又十分安详，小桥、流水、人家，平淡之中见深切，悲凉之感透彻骨髓，写景之妙尽于此也。

吴小如《诗词札丛》：所谓唐朝人的绝句妙境，就是指用经济的语言描绘出生动的事物形象，通过概括而巧妙的艺术构思，写出复杂而深厚的情感。

【六四】

白仁甫①《秋夜梧桐雨》剧，沉雄悲壮，为元曲冠冕。然所作《天籁词》，粗浅之甚，不足为稼轩②奴隶。岂创者易工，而因者难巧欤？抑人各有能、有不能也？读者观欧、秦③之诗远不如词，足透此中消息。

① 白仁甫：白朴（1226—约1306），原名恒，字仁甫，后改名朴，字太素，号兰谷。元曲名家，代表作《唐明皇秋夜梧桐雨》等，与关汉卿、郑光祖、马致远并称为"元曲四大家"。

② 稼轩：辛弃疾。

③ 欧、秦：欧，欧阳修。秦，秦观。

译文

白朴所作的戏剧《秋夜梧桐雨》，沉雄悲壮，堪称元曲当中的冠军之作。但他所写的《天籁词》，极其粗糙浅显，连给辛弃疾当奴隶都不配。难道说，开创文体的人比较容易写得工巧，而承袭的人却难以企及？还是说人各有自己的长处和短处？读者试看，欧阳修和秦观的诗远不如他们的词写得好，这应该足以说明其中的道理了吧。

评注

彭玉平《人间词话疏证》：平心而论，《天籁集》中也颇多率意而发、真实自然的优秀之作，一味以"不足为稼轩奴隶"而整体否定，也是不符合事实的。朱彝尊在《天籁集跋》中即称其"自是名家"。《四库全书总目》也称《天籁集》"清隽婉逸，调适韵谐"。

李梦生《〈人间词话〉导读》：他（白朴）的词作虽然也以本色为主，但学辛弃疾而缺乏辛词粗犷而有意境的特色，流于浅俗。基于此，王国维提出了两个问题：其一是始创易工，继承者难巧；其二是人各有能有不能。

蒲菁《人间词话》：《天籁集》，四库著录。《提要》则谓其"清隽婉逸，意惬韵谐，可与张炎《玉田词》相匹"。先生以粗浅之甚目之，是犹目叔夏为玉老田荒也。

人间词话删稿

（四十九则）

---

* 此部分为王国维原稿中所删弃者，作为补辑本得四十九则，所据版本为 1960 年人民文学出版社出版的《人间词话》（《蕙风词话·人间词话》）。

【一】

　　白石[①]之词，余所最爱者亦仅二语，曰："淮南皓月冷千山，冥冥归去无人管。"

注释

　　① 白石：姜夔。

译文

　　姜夔的词，我最喜欢的仅仅是这么两句："淮南皓月冷千山，冥冥归去无人管。"

评注

　　戴赋《人间词话》：先生对姜夔及其作品的评论很多，但总体评价不高，这里说只喜欢姜夔的两句词，可以说算是非常难得了，一方面是由于这两句词确实写得不错，语言浅近，意境深邃，符合静安先生对意境深远的要求，同时这两句也确实是作者心境的表露。

　　李梦生《〈人间词话〉导读》：王国维对姜夔祠是贬多于褒，既欣赏他的格调韵味，又对他一意追求高雅而少真正的感情，使人有雾里看花的感觉表示不满。

【二】

　　双声、叠韵之论，盛于六朝①，唐人犹多用之。至宋以后，则渐不讲，并不知二者为何物。乾嘉间，吾乡周松霭②先生（春）著《杜诗双声叠韵谱括略》，正千余年之误，可谓有功文苑者矣。其言曰："两字同母，谓之双声；两字同韵，谓之叠韵。"余按：用今日各国文法通用之语表之，则两字同一子音者，谓之双声。（如《南史·羊元保传》之"官家恨狭，更广八分"，官、家、更、广四字，皆从k得声。《洛阳伽蓝记》之"狞奴慢骂"，狞、奴两字，皆从n得声；慢、骂两字，皆从m得声是也）。两字同一母音者，谓之叠韵。（如梁武帝③之"后牖有朽柳"，后、牖、有三字，双声而兼叠韵，有、朽、柳三字，其母音皆为u。刘孝绰④之"梁皇长康强"，梁、长、强三字，其母音皆为[原作ian]ang也。）自李淑⑤《诗苑》伪造沈约⑥之说，以双声、叠韵为诗中八病之二，后世诗家多废而不讲，亦不复用之于词。余谓：苟于词之荡漾处多用叠韵，促节处多用双声，则其铿锵可诵，必有过于前人者。惜世之专讲音律者，尚未悟此也！

注释

　　①六朝：这里指中国历史三国至隋朝的南方六个朝代：东吴、东晋、南朝宋、南朝齐、南朝梁、南朝陈。

　　②周松霭：周春，字芚兮，号松霭，浙江海宁人。清代学者。

　　③梁武帝：即萧衍（464—549），字叔达，小字练儿，南朝梁代创立者。诗人。

　　④刘孝绰：名冉（481—539），字孝绰，小字阿士，南朝梁

代诗人。

　　⑤李淑：北宋文学家，有《诗苑类格》，今佚。

　　⑥沈约：字休文，吴兴武康（今浙江德清武康镇）人。南朝梁代文学家、史学家。

译文

　　双声叠韵的理论，兴盛于六朝，到了唐朝依然有很多人用。到宋朝以后，就渐渐不讲了，最终人们不知道双声叠韵是什么了。乾隆、嘉庆年间，我的同乡周松霭先生写了《杜诗双声叠韵谱括略》一书，纠正了千余年的谬误，可以说是有功于文坛了。他说："两字同母谓之双声；两字同韵谓之叠韵。"我按照现在各国通用的语言表达方法来表述它，就是两个字同一个子音的称为双声。如《南史·羊元保传》中的"官家恨狭，更广八分"，官（guān）、家（jiā）、更（gēng）、广（guǎng）四个字，都从"k"得声（应是"g"）。《洛阳伽蓝记》中的"狞奴慢骂"，狞（níng）、奴（nú）两个字都从"n"得声。慢（màn）、骂（mà）两个字都从"m"得声。两个字同一个母音的，称为叠韵。如梁武帝的"后牖有朽柳"，后、牖、有三个字，是双声也是叠韵。有（yǒu）、朽（xiǔ）、柳（liǔ）三个字，母音都是"u"。刘孝绰的"梁皇长康强"，梁（liáng）、长（cháng）、强（qiáng）三个字，母音都是"ang"。自从李淑在《诗苑》中伪造沈约的话，说双声、叠韵是诗中八个毛病中的两个，后世的诗作家就废弃双声、叠韵，也不再讲了，并且写词时也不再用。我认为，如果在词的跌宕起伏处多用叠韵，在急促转折处多用双声，就会铿锵有力，易于背诵，必定能超越以前写诗的人。可惜后世专门研究音律的人，没有领悟到这一点。

评注

吴珺如《论词之意境及其在翻译中的重构》：王国维对于双声叠韵之于词之音律的作用给了高度评价，而且他认为后世诗家词人用双声叠韵的频率太低。事实上词作中用到双声叠韵的例子还是不少，尤其是柳永的词，几乎阕阕都有。

刘焕辉《语言运用概说——用词造句》：叠韵多用在需要声音舒畅、悠长之处，而双声多用于需要声音短暂、急促之处。把二者配搭起来使用，能使语音的音响节奏跌宕起伏，便于吟诵。特别是双声叠韵联绵词的恰当选用，更能给人造成一种音节的和谐美。

【三】

世人但知双声之不拘四声，不知叠韵亦不拘平、上、去三声。凡字之同母者，虽平仄有殊，皆叠韵也。

译文

过去的人们只知道双声不拘四声，却不知道叠韵也不拘平、上、去三声。凡是字与字之间韵母相同，虽然平仄不一样，都称为叠韵。

评注

施议对《人间词话译注》：所谓双声，只求声母相同，其声调如何，则不拘也。叠韵亦然。例如"官家""更广"，为双声，"官、家"同为平声，"更、广"则一去一上。"康强""后牗"为叠韵，"康、强"同为平声，"后、牗"则一去一上。

彭玉平《人间词话》：双声不拘平、上、去、入四声，已经被广泛接受，故王国维在本则并未再申论这一话题，而是专就叠韵与四声的关系，略作说明。在王国维看来，叠韵的情况其实与双声是相似的，只要是同一母音的字，无论其平仄如何，都可纳入到叠韵字的范围中来。

黄霖、邬国平、周兴陆《人间词话鉴赏辞典》：周春《杜诗双声叠韵谱括略》卷二上在"双声同音通用格"部分，论述双声不拘四声；在"叠韵平上去三声通用格"部分，又论述了叠韵不拘平上去三声。王国维在这条词话中，主要是根据周春的研究结果，概述有关双声叠韵研究方面取得的进展。

【四】

诗至唐中叶以后，殆为①羔雁之具②矣。故五代、北宋之诗，佳者绝少，而词则为其极盛时代。即诗词兼擅如永叔、少游③者，词胜于诗远甚。以其写之于诗者，不若写之于词者之真也。至南宋以后，词亦为羔雁之具，而词亦替矣。此亦文学升降之一关键也。

注释

① 殆为：几乎沦为，几乎变成。

② 羔雁之具：礼聘应酬的工具。

③ 永叔、少游：永叔，欧阳修。少游，秦观。

译文

诗到了唐朝中期以后，几乎变成了礼聘应酬的工具。所以五代、北宋的诗歌，佳作很少，而词在这个时候鼎盛。即使是写诗词都很擅长的人，如欧阳修、秦观，词也远远胜过诗。因为写在诗中，不如写在词中真切。到了南宋以后，词也变成礼聘应酬的工具，也就是说词也被其他的代替了。这也就是文学兴衰的一个原因。

评注

黄志民《〈人间词话〉"境界"一词含义之探讨》：诗词一旦成为"羔雁之具"，成为逢迎酬酢之资，则作者纵然真有所感、真有所见，也会为了文学以外的庸劣目的而扭曲："口不言阿堵物，而暗中为营三窟之计"，当然就丧失其真——忠实了。

李建中、秦李《人间词话》：诗词之盛在乎"真"，当它被附加上本不属于它的文体功能时，便被迫"异化"，失却了区别于它物的本质特征，失却了其生命的根本魅力，而当这种情况有着时代社会的普遍性时，诗词便走向衰亡。

【五】

曾纯甫①中秋应制，作《壶中天慢》词。自注云："是夜，西兴亦闻天乐。"谓宫中乐声，闻于隔岸也。毛子晋②谓："天神亦不以人废言。"③近冯梦华④复辨其诬⑤。不解"天乐⑥"二字文义，殊笑人也。

注释

①曾纯甫：曾觌（1109—1180），字纯甫，宋朝汴京（今河南开封）人。

②毛子晋：毛晋（1599—1659），字子晋，常熟（今属江苏）人。明末藏书家、出版家。

③《宋六十名家词》毛晋跋《海野词》："进月词，一夕西兴，共闻天乐，岂天神亦不以人废言耶？"

④冯梦华：原名冯煦（1842—1927），江苏金坛人。少好词赋，有江南才子之称，著有《蒿庵类稿》等。

⑤冯煦《宋六十一家词选》例言："曾纯甫赋进御月词，其自记云：'是夜，西兴亦闻天乐。'子晋遂谓天神亦不以人废言。不知宋人每好自神其说。白石道人尚欲以巢湖风驶归功于平调《满江红》，于海野何讥焉？"

⑥天乐：当是宫中的音乐。

译文

曾纯甫中秋应制，作《壶中天慢》词。自己作注说："这天夜里，西兴也听到天乐。"他说宫中奏乐之声，远隔江岸也能听到。毛子晋说："天神也不以人废言。"近人冯梦华对其错误的地方进行辩解，不理解"天乐"的意思，实在是见笑于世人。

评注

李梦生《〈人间词话〉导读》：王国维在这里举此例，用意不是单纯地考证事实，而是对曲解前人词意的做法进行针砭。繁琐考证、钩稽推敲作品的题外寄托，与不理解作品所指而妄加猜测辩驳，都是文坛的恶习，王国维在本条与本卷第29条对两者专门发表了反对意见，合理合情。

叶嘉莹《人间词话：叶嘉莹讲评本》：明代毛晋将宋代曾觌《壶中天慢》词中的自注句"天乐"解释为"天神"，为后人耻笑。作者举此例意在斥责附庸风雅、望文生义的浮躁学风。

【六】

北宋名家以方回^①为最次。其词如历下^②、新城^③之诗，非不华瞻^④，惜少真味。

注释

①方回：贺铸。

②历下：李攀龙（1514—1570），字于鳞，号沧溟，历城（今山东济南）人，明代著名文学家。

③新城：王士禛（1634—1711），小名豫孙，字贻上，号阮亭，别号渔洋山人，人称王渔洋，山东新城（今山东桓台）人，清代著名文人。

④华瞻：华美富丽。

译文

北宋的名家当中以贺铸最差。他的词好像是历下李攀龙与新城王士禛的诗，不是说词不华丽，只是很可惜缺少真情实感。

评注

陈鸿祥《〈人间词话〉〈人间词〉注评》：王国维之所以说方回"最次"，不过以此为由头，另有其用意，即借以与明代"后七子"中翘楚李攀龙、王世贞（王士禛）之诗作比，认为"非不华瞻，惜少真味"。

缪钺《论贺铸词》：王国维认为，北宋词人，贺铸最差，把他比做历下（指明李攀龙）、新城（指清王士禛）之诗，仿佛是

"莺偷百鸟声"（《静庵文集续编·文学小言》论"新城"诗语），空有形式之美，而缺乏真情实感。这个论断是不公允的。

【七】

散文易学而难工，骈文①难学而易工。近体诗易学而难工，古体诗难学而易工。小令易学而难工，长调难学而易工②。

注释

① 骈文：指古文中以字句两两相对而成篇章的文体。全篇以双句为主，讲究对仗工整和声律的铿锵。因其常用四、六字句，也称"四六文"或"骈四俪六"。

② 五十八字以内为小令，自五十九字始至九十字止为中调，九十一字以外者俱为长调。

译文

散文容易学而难以写得好，骈文难学却容易写好。近体诗易学而难以写好，古体诗难学而容易写好。小令易学而难以写得好，长调难学而容易写好。

评注

黄霖、邬国平、周兴陆《人间词话鉴赏辞典》：不同文体受形式束缚的程度并不相同，有的严格，有的宽懈；有的繁琐，有的简约；有的存在较多变通的余地，有的则必须中规中矩。一句话，有的文体相对自由，有的文体相对不自由。如果用相对自由的文体写作，似易实难；用相对不自由的文体写作，似难实易。

周锡山《王国维美学思想研究》：在诗歌中，他认为篇幅短的近体诗、小令难工，古体诗和长调一类篇幅长的易工。王国维在性格上喜欢攻难的，他作诗绝大多数为近体，于词则明言喜欢小令，显然也与他的知难而上的性格有关。

【八】

古诗云："谁能思不歌？谁能饥不食？"①诗词者，物之不得其平而鸣者也。故"欢愉之辞难工，愁苦之言易巧"。

注释

①《乐府诗集·子夜歌》："谁能思不歌？谁能饥不食？日冥当户倚，惆怅底不忆？"

译文

古诗说："谁能思不歌？谁能饥不食？"（谁能够有所思而不作歌以抒情怀？谁能够饿了而不吃？）所谓诗词就是，物体遇到不平而发出的声音。所以欢快的文章不容易写好，而愁苦的言语容易写得精妙。

评注

刘石《王国维的词学研究》：王氏所说"愁苦之言"并非鸣一己之不平，而是强调"夫美术之所写者，非个人之性质，而人类全体之性质也"，要将狭隘的"一己之感情"升华到人类之感情，从自鸣"不平"到担荷"人类全体之喉舌"。

王振铎《〈人间词话〉与〈人间词〉》：王国维也承认"诗词

者，物之不得其平而鸣者也"，偶尔还称赞周美成词中"拗怒"之意。这"不平"，这"拗怒"，不正是社会生活中的关系、限制所激起的诗情吗？

【九】

社会上之习惯，杀许多之善人；文学上之习惯，杀许多之天才。

译文

社会上的习惯，扼杀了许多好人；文学上的习惯，扼杀了许多有才华的人。

评注

黄霖、周兴陆《人间词话》：天才和豪杰之士都是很难脱离习惯定式，作出新的创造。而真正善于创造的文学家往往是撇开已成习惯的文体于一边，而敏锐地从前代文学中发现富有生机的新文体的幼芽，加以培植浇灌，发扬光大，在因袭中谋创新。

李建中、秦李《人间词话》：王国维言"社会上之习惯，杀许多之善人"，正是指社会上种种之显规则、潜规则，使许多人因此而异化，丧失纯真善良的本性，成为社会之奴。

【十】

昔人论诗词，有景语、情语之别。不知一切景语皆情语也。

译文

以前的人议论诗词，有景语和情语的区别。是因为他们不知道一切的景语都是情语。

评注

陈玉兰《论“境界”说及其对新诗批评理论建设的意义》：《人间词话》中的“景语”，究其实即具有兴发感动功能之意象的语言呈现。王国维没有点明的这个意象抒情系统，正是以其独特的感发功能对意象化语言作了新颖而独特的变异，采用词性活用、语句颠倒、成分残缺等特殊词法、句法，使意象得以充分浮现与流动。

皮述平《晚清词学的思想与方法》：王国维直言：“一切景语，皆情语也。”如此一来，“寄托”与“情景”合为一理，所谓“哀乐移神，不在歌恸”“披文得貌，可得其蕴”，其实正说明了清人对词学创作之道的基本态度。

【十一】

词家多以景寓情。其专作情语而绝妙者，如牛峤①之"须作一生拼，尽君今日欢"②，顾夐③之"换我心为你心，始知相忆深"④、欧阳修之"衣带渐宽终不悔，为伊消得人憔悴"⑤、美成⑥之"许多烦恼，只为当时，一饷留情"⑦，此等词古今曾不多见。余《乙稿》中颇于此方面有开拓之功。

注释

① 牛峤：字松卿，五代前蜀词人。

② 牛峤《菩萨蛮》："玉炉冰簟鸳鸯锦，粉融香汗流山枕。帘外辘轳声，敛眉含笑惊。柳阴轻漠漠，低鬓蝉钗落。须作一生拼，尽君今日欢。"

③ 顾夐：五代后蜀词人。

④ 顾夐《诉衷情》："永夜抛人何处去？绝来音。香阁掩，眉敛，月将沉。争忍不相寻？怨孤衾。换我心为你心，始知相忆深。"

⑤ "衣带渐宽"句原出宋代词人柳永《蝶恋花》，王国维误作欧阳修。

⑥ 美成：周邦彦。

⑦ 周邦彦《庆宫春》："云接平冈，山围寒野，路回渐转孤城。衰柳啼鸦，惊风驱雁，动人一片秋声。倦途休驾，淡烟里，微茫见星。尘埃憔悴，生怕黄昏，离思牵萦。华堂旧日逢迎。花艳参差，香雾飘零。弦管当头，偏怜娇凤，夜深簧暖笙清。眼波传意，恨密约，匆匆未成。许多烦恼，只为当时，一饷留情。"

译文

词作者大多融情于景中。专门写情且写得绝妙的，如牛峤的"须作一生拼，尽君今日欢"、顾敻的"换我心为你心，始知相忆深"、欧阳修（柳永）的"衣带渐宽终不悔，为伊消得人憔悴"、周邦彦的"许多烦恼，只为当时，一饷留情"。这类的词在古今的词作中，并不多见。我的《乙稿》中对这方面颇有扩展和创新的帮助。

评注

叶嘉莹《人间词话：叶嘉莹讲评本》：抒情词分两种，借景抒情和直抒胸臆。作者认为直抒胸臆且笔调绝妙的词不多，如牛峤、顾敻、欧阳修、周邦彦等人的词都是难得的好词。

傅庚生《文学赏鉴论丛》：文学作品要求形象化，景语在这方面很容易奏其技，直接抒情容易沦于概念化，所以情语很难写得好。但在写作时，不一定有意地趋就什么，规避什么。如有意地去搜寻景语，也怕绉绉巴巴的，不熨贴；如处处都不敢作情语，又可能曲曲折折的，太隐晦了。要因势利导，自能水到渠成。

【十二】

词之为体，要眇宜修①，能言诗之所不能言，而不能尽言诗之所能言。诗之境阔，词之言长。

注释

① 要眇宜修：这种美是一种带着修饰性的、很精巧的美。洪兴祖的《楚辞补注》说"要眇宜修"是形容娥皇的"容德之美"。

词的体式特点是既要有自然的美，又要带有修饰的美。能说一些诗体不能说的话，却也不能说尽诗体能说的话。概括来说，诗的境界开阔，词一般篇幅长、用语多。

评注

彭玉平《晚清楚辞学新变与王国维文学观念》：所谓"要眇宜修"，应该是指词体在整体上呈现出来的一种精微细致、表达适宜、饶有远韵的美。"词是复杂感情的产物"，这是王国维晚年对弟子姜亮夫说的话。这种复杂自然会带来词体之美的隐微与动态特征，这可能正是王国维要拈出"要眇宜修"来界定词体特点的原因所在。

郭英德《两宋酬和词述略》：酬和本来是诗歌创作的领地，词插足于这一领地，要想占据一席之地，不能不借助于自身特殊的神理韵味。正如王国维《人间词话》所说的："词之为体，要眇宜修。能言诗之所不能言，而不能尽言诗之所能言。"词与诗的言情述志各有特长、各有疆界。

【十三】

言气质，言神韵，不如言境界。有境界，本也。气质、神韵，末也。有境界而二者随之矣。

译文

说气质说神韵，不如说境界。有境界才是根本。气质、神韵是末。有了境界，气质、神韵就成了境界的附庸。

沈家庄《论〈人间词话〉"意境"说》：王国维视"气质神韵"为"末"，并非说这是作品可有可无的东西。而是认为，有境界的作品，也是有气质神韵的。这正说明了王国维的"境界"标准，包融了气质神韵的内涵。

黄霖、邬国平、周兴陆《人间词话鉴赏辞典》：王国维说的"气质"，其意思与"气象"相近，所以通过本条词话，还可以知道，王国维虽然对"以气象胜"的词人（如李白、范仲淹）很有好评，其实"气象"在他的词学理论体系中，并不是一个评价值很高的术语。

【十四】

"秋风吹渭水，落叶满长安"，美成①以之入词②，白仁甫③以之入曲④，此借古人之境界为我之境界者也。然非自有境界，古人亦不为我用。

① 美成：周邦彦。

② 周邦彦《齐天乐》(秋思)："绿芜凋尽台城路，殊乡又逢秋晚。暮雨生寒，鸣蛩劝织，深阁时闻裁剪。云窗静掩。叹重拂罗裀，顿疏花簟。尚有练囊，露萤清夜照书卷。荆江留滞最久，故人相望处，离思何限？渭水西风，长安乱叶，空忆诗情宛转。凭高眺远。正玉液新篘，蟹螯初荐。醉倒山翁，但愁斜照敛。"

③ 白仁甫：白朴。

④ 白朴《双调·得胜乐》(秋)："玉露冷，蛩吟砌。听落叶西

风渭水。寒雁儿长空嘹唳。陶元亮醉在东篱。"又《梧桐雨》杂剧第二折《普天乐》："恨无穷，愁无限。争奈仓促之际，避不得蓦岭登山。銮驾迁。成都盼。更那堪泸水西飞雁，一声声送上雕鞍。伤心故园，西风渭水，落日长安。"

译文

"秋风吹渭水，落叶满长安。"周邦彦把它融入自己的词中，白仁甫把它融入自己的曲中，这是借古人的境界变为自己的境界。然而如果没有自己的境界，古人的境界也不能真正融入自己的境界。

评注

周锡山《王国维美学思想研究》：古人之境界，指古人和前人作品中所创造，达到的境界；我之境界，指我们自己在创作中所追求，所达到的境界。王国维在这里提出了一种"借古人之境界为我之境界"的创作方法，总结出我国文艺创作的一条突出的经验，加以理论描述，对诗人作家极有启发作用，有益于使用此法的自觉性。

刘土兴《诗的美学理论——"境界说"——读〈人间词话〉札记》：这里是讲应该向古人学习和如何向古人学习，即借鉴古人之境界与创造有"新意"的境界不矛盾，但是，如果没有独特的创作个性，自己没有在创造境界上下工夫，古人创造的境界也不能化为我的境界，强调要立足于自己的创作来融化古人境界，才会得到古人创造境界的神理，这就是"化工"。

【十五】

　　长调自以周、柳、苏、辛①为最工。美成②《浪淘沙慢》二词，精壮顿挫，已开北曲之先声。若屯田③之《八声甘州》，玉局④之《水调歌头》，则仁兴之作，格高千古，不能以常词论也。

注释

　　①周、柳、苏、辛：周邦彦、柳永、苏轼、辛弃疾。

　　②美成：周邦彦。

　　③屯田：柳永（约 987—约 1053），字耆卿，后改名永，字耆卿。排行第七，又称柳七。宋仁宗朝进士，官至屯田员外郎，故世称柳屯田。

　　④玉局：苏轼，他曾提举玉局观。

译文

　　词中的长调以周邦彦、柳永、苏轼、辛弃疾的作品最为工巧、精妙。周邦彦的《浪淘沙慢》二词精壮顿挫，已经为北曲开了先河。如果是柳永的《八声甘州》、苏轼的《水调歌头》，那仅仅是一时兴到之作，格调虽然高绝千古，但不能当典范。

评注

　　吴洋《人间词话手稿本全编》：柳永此词，上片写景，苍劲悲凉，意境不减唐人。下片抒情，精心结构双重的空间结构，君思我处我思君，将羁旅之苦写得淋漓尽致，感人肺腑。苏轼之作则旷达飘逸，超然物外，既有太白浩然之风，又内中自敛显宋人理趣。二词格高旨深，颇令美成失色。

【十六】

稼轩《贺新郎》词"送茂嘉十二弟"，章法绝妙。且语语有境界，此能品而几于神者。然非有意为之，故后人不能学也。

注释

① 稼轩：辛弃疾。

译文

辛弃疾的词《贺新郎》（送茂嘉十二弟），词的组织结构非常精妙，并且每句话都有境界，有真情。这是极其优秀词作里面的近乎完美境界的绝作！然而这不是刻意创作出来的，所以后来的词家是根本无法模仿学习的。

评注

陈咏《略谈"境界"说》：他说这首词是"语语有境界"的。为什么呢？我们看了这首词就可以知道，不论开首的"绿树听鹈鸠，更那堪鹧鸪声住，杜鹃声切"，也不论中间写王昭君出塞的"马上琵琶关塞黑"，写李陵别苏武的"向河梁回头万里，故人长绝"，写荆轲去燕的"易水萧萧西风冷，满座衣冠似雪，正壮士悲歌未彻"，都写出了鲜明生动的形象来。这也正就是所谓"语语有境界"了。

邵振国《试论境界说及其质性》：这与他（王国维）的"三

境说"不仅联系而且有着相同的含义。"能"是指它"非有意为之"的"造境"能力。这"非有意"并非仅仅指非刻意，而是指与那一"品"字成因果关系的联系着。"品"即是王氏的人格论，即王氏说"故无高尚伟大之人格，而有高尚伟大文章者，殆未之有也"。

【十七】

稼轩①《贺新郎》词："柳暗凌波路。送春归、猛风暴雨，一番新绿。"又，《定风波》词："从此酒酣明月夜，耳热。""绿""热"二字，皆作上去用，与韩玉②《东浦词》《贺新郎》以"玉""曲"叶"注""女"，《卜算子》以"夜""谢"叶"食""月"，已开北曲四声通押③之祖。

注释

① 稼轩：辛弃疾。

② 韩玉：字温甫，南宋词人，世人又称其"韩东浦"，与辛弃疾等多有唱和，其生活年代应相近。

③ 四声通押：平、上、去、入四声都可押韵了。南宋的时候，北曲流行，这里指开创了四声押韵。

译文

辛弃疾的词《贺新郎》有句"柳暗凌波路。送春归、猛风暴雨，一番新绿"（凌波路上，翠柳成荫。暮春时节，一场狂风暴雨；送走了春天，一行行成荫的翠柳越发显得娇绿）。另一首《定风波》有句"从此酒酣明月夜，耳热"（从此以后，在三五之夜，举杯畅饮。耳朵发热）。"绿""热"两字，都当作上声去声运用。和韩玉的《东浦词》中的《贺新郎》用"玉""曲"押韵"注""女"，《卜算子》用"夜""谢"押"食""月"，已经开了北方曲调四声通押的先河。

叶嘉莹《人间词话：叶嘉莹讲评本》：此则作者讲叶韵及四声通押的变化。南宋时期，有不少如辛弃疾和韩玉一般出生于金的词人，因为语言习惯与南方（以南宋都城武林为代表）语言四声不同，所以作品中出现越来越多的四声通押的情况。等到元曲繁荣的时代，四声通押的情况便十分普遍了。

【十八】

谭复堂[①]《箧中词选》谓："蒋鹿潭[②]《水云楼词》与成容若[③]、项莲生[④]，二百年间，分鼎三足。"然《水云楼词》小令颇有境界，长调惟存气格。《忆云词》[⑤]亦精实有余，超逸不足，皆不足与容若比。然视皋文、止庵[⑥]辈，则偶乎远矣。

注释

① 谭复堂：谭献（1832—1901），原名廷献，字仲修，号复堂，浙江仁和人。选编清人词集《箧中词选》。

② 蒋鹿潭：蒋春霖（1818—1868），鹿潭是他的字，世人出于尊敬，多以鹿潭相称。存世的106首词刊刻为《水云楼词》。

③ 成容若：纳兰性德。

④ 项莲生：项鸿祚（1798—1835），字莲生。浙江钱塘（今

杭州）人。清代词人。

⑤《忆云词》：为清代词人项鸿祚所作词集。其词多表现抑郁、感伤之情。

⑥皋文、止庵：皋文，张惠言。止庵，周济。

译文

谭献《箧中词选》认为："蒋春霖《水云楼词》与纳兰性德、项鸿祚，在二百年间的词坛上，三足鼎立。"然而《水云楼词》小令很有境界，长调只有气韵格调。《忆云词》精巧确实有余，高超飘逸不足，都不能与纳兰性德相比。然而与张惠言、周济这类词人相比，则高明多了。

评注

李建中、秦李《人间词话新释》：纳兰词虽自非蒋氏、项氏所可比，然而蒋、项二人词哀思郁结、情真意切，又比当时词家高一筹。张惠言词失于空枵，周济词失于苦涩，然二家毕竟词坛巨擘，自有佳篇传世，如张惠言之《水调歌头》《木兰花慢·杨花》以及周济的《渡江云·杨花》等。

【十九】

词家时代之说，盛于国初。竹垞①谓："词至北宋而大，至南宋而深。"后此词人，群奉其说。然其中亦非无具眼者。周保绪②曰："南宋下不犯北宋拙率之病，高不到北宋浑涵之诣。"又曰："北宋词多就景叙情，故珠圆玉润，四照玲珑。至稼轩、白石③，一变而为即事叙景，使深者反浅，曲者反直。"潘四农（德舆）④曰：“词滥觞于唐，畅于五代，而意格之阃深曲挚，则莫盛于北宋。词之有北宋，犹诗之有盛唐。至南宋则稍衰矣。”刘融斋（熙载）曰：“北宋词用密亦疏，用隐亦亮，用沈亦快，用细亦阔，用精亦浑。南宋只是掉转过来。”可知此事自有公论。虽止庵⑤词颇浅薄，潘、刘⑥尤甚；然其推尊北宋，则与明季云间诸公，同一卓识也。

注释

①竹垞：朱彝尊（1629—1709）的别号，因家有竹垞，故称。清代词人、学者、藏书家。

②周保绪：周济。

③稼轩、白石：稼轩，辛弃疾。白石，姜夔。

④潘四农：潘德舆（1785—1839），字彦辅，号四农，别号艮庭居士、三录居士、念重学人、念石人，江苏山阳（今淮安）人，清代诗文家、文学评论家。

⑤止庵：周济。

⑥潘、刘：潘，潘德舆。刘，即上文的刘融斋。

译文

词家评论的学说，在清朝初期很风行。朱彝尊认为：“词的创作到北宋题材范围扩大，到南宋意境深化。”这以后的词论家，纷纷推崇他的学说。不过，这当中也不是没有具有慧眼的词论家。周济说：“南宋词家的创作，下不会有北宋词的朴拙粗疏的毛病，却也高不到北宋词的雄浑涵韵的主旨。”又说：“北宋词大多都是依靠着景物来抒写情怀（即借景抒情、融情于景），所以显得很温润，玲珑有致，光彩夺目。到了辛弃疾、姜夔，一下子就转变成了叙事中写景，所以，深沉的反而肤浅，曲折有致的反而单调直白。”潘德舆说：“词在唐代发端蔓延，在五代风行，然而词意境格调的深厚沉挚，却没有比北宋更繁盛的。词的创作有北宋，好比诗的创作有盛唐。到南宋词就渐渐地开始衰落了。"刘融斋说："北宋词的创作，细密中也有疏散，曲折中有明晰，深沉中不乏明快，精致小巧中也有壮阔，缠绵悱恻中也有雄浑。南宋只不过是刚好相反。"可以由此知道评论词自有公道的评判。尽管周济的词论很肤浅没有力度，潘德舆、刘融斋更次一等。不过，周济他们推崇北宋词，却和明代末年云间派的各位词人，有同样的远见卓识，是不可以废弃的。

评注

彭玉平《人间词话》：作为浙西词派的领袖，朱彝尊的词学思想曾广泛影响到清初词坛，他与汪森合编的《词综》更是成为当时词人竞相师法的范本。浙西词派的理论以南宋词为极致，所以其导引的词风也就成了"家白石而户玉田"的局面。王国维在前面两则极力贬低张炎词，也是为这一则的正面立说提供依据。

【二十】

唐、五代、北宋之词，可谓"生香真色^①"。若云间诸公^②，则彩花^③耳。湘真^④且然，况其次也者乎！

注释

①生香真色：语出王士禛《花草蒙拾》。

②若云间诸公：陈子龙、宋徵舆、李雯、宋徵璧、宋存标、宋思玉等人。

③彩花：作品如同彩花是指徒有其表，实质上没有生命力。

④ 湘真：陈子龙有词集《湘真阁》。此处也可看作代指陈子龙的作品水平。

唐、五代、北宋的词，可以说是"生香真色"。至于云间众位词人，却只能是独有其表的彩色花罢了。陈子龙尚且是这样，更何况那些次一等的词人呢！

邱世友《王国维论词的境界》：境界的第一个特征是真切自然。王氏论词，最重真切自然，力斥游词和矫揉之作。游词则不真切，矫揉之作则不自然，二者皆无与词境。而真切自然则为词的本质特点，王氏所谓"生香真色"。

【二一】

《衍波词》①之佳者，颇似贺方回②。虽不及容若③，要在锡鬯④、其年⑤之上。

① 《衍波词》：词集名。清代王士禛作。二卷。

② 贺方回：贺铸。

③ 容若：纳兰性德。

④ 锡鬯：即朱彝尊。

⑤ 其年：陈维崧（1625—1682），字其年，明末清初文学家。

译文

《衍波词》中写得好的，很类似贺铸的作品。虽然比不上纳兰性德，却在朱彝尊、陈维崧之上。

评注

吴洋《人间词话手稿本全编》：王士禛长于诗，论诗主"神韵"，推崇清幽淡远、含蓄深蕴、言有尽而意无穷的境界。于词，长于小令，用绝句笔法入词，然而含蓄之味多，沉厚之旨少，比起朱陈二人，未必在其上也。

黄霖、邬国平、周兴陆《人间词话鉴赏辞典》：王国维评论清朝词人有一个特点，那就是，一遇到可能，就要为纳兰性德占一地位；一遇到可能，就要贬抑浙西词派或常州词派，纳兰性德和浙西派、常州词派仿佛是他评清词的敏感点，时时都会触及到。

【二二】

近人词如《复堂词》①之深婉，《彊村词》②之隐秀，皆在半塘老人③上。彊村学梦窗④而情味较梦窗反胜。盖有临川、庐陵⑤之高华，而济以白石⑥之疏越⑦者。学人之词，斯为极则。然古人自然神妙处，尚未梦见。

注释

①复堂词：清谭献写的词。

②彊村词：晚清代朱孝臧写的词。朱孝臧（1857—1931），原名祖谋，字古微，号彊村，浙江归安（今吴兴）人。近代

词人。

③半塘老人：王鹏运（1849—1904），字佑遐，一字幼霞，中年自号半塘老人，又号鹜翁，晚年号半塘僧鹜。晚清官员、词人。

④本意《彊村词》学习《梦窗词》的写法，实指朱孝臧学习吴文英的词风。梦窗，吴文英。

⑤临川、庐陵：临川指的是王安石，庐陵指的是欧阳修，皆是以他们的籍贯称之。

⑥白石：姜夔。

⑦疏越：疏朗流畅。

【译文】

近人的词如《复堂词》的深切委婉，《彊村词》含蓄秀丽，都在王鹏运之上。朱孝臧学习吴文英的写词风格，写的词反而比吴文英的情味胜了一筹。大概有王安石、欧阳修的高远华美，兼有姜夔的疏朗流畅。学习别人的词，这已经算是范本了。然而古人自然神妙的地方，还没有达到。

【评注】

彭靖《"试画虞渊落照红"——论〈彊村语业〉》：自然神妙是词的一个极高境界。南北宋大词人臻此境者亦不多见，而彊村词到此境者却未必没有。王半塘在《彊村词剩》二卷序里，谓彊村自辛丑以后，"词境日趋于浑，气息亦益静，而格调之高简，风度之矜庄，不惟他人不能及，即彊村己亥以前词，亦颇有天机人事之别。"这是说，己亥以前词见"人事"之巧，而辛丑以后词乃见"天机"之妙。"天机"，或说"浑"，与王国维所谓"自然神妙"相同或相近。这是比较切合实际的。

【二三】

　　宋直方①《蝶恋花》："新样罗衣浑弃却，犹寻旧日春衫著"②、谭复堂③《蝶恋花》："连理枝头侬与汝，千花百草从渠许"④，可谓寄兴深微。

　　① 宋直方：宋徵舆（1618—1667），字辕文，号直方，清初词人。

　　② 宋徵舆《蝶恋花》："宝枕轻风秋梦薄，红敛双蛾，颠倒垂金雀。新样罗衣浑弃却，犹寻旧日春衫著。偏是断肠花不落。人苦伤心，镜里颜非昨。曾误当初青女约，只今霜夜思量着。"

　　③ 谭复堂：谭献。

　　④ 谭献《蝶恋花》："帐里迷离香似雾。不烬炉灰，酒醒闻余语。连理枝头侬与汝，千花百草从渠许。莲子青青心独苦。一唱将离，日日风兼雨。豆蔻香残杨柳暮。当时人面无寻处。"

译文

　　宋直方《蝶恋花》中的"新样罗衣浑弃却，犹寻旧日春衫著"，谭复堂《蝶恋花》中的"连理枝头侬与汝，千花百草从渠许"，可以说是寄兴幽深细微。

评注

　　张宏生《晚清词坛的自我经典化》：谭献是常州词派的后劲，他自觉地以比兴寄托的理论指导创作，其中不乏成功之作，也引起了词坛的关注。王国维《人间词话》说："宋直方《蝶恋花》：'新样罗衣浑弃却，犹寻旧日春衫著。'谭复堂《蝶恋花》：'连理枝头侬与汝，千花百草从渠许。'可谓寄兴深微。"就完全复制了谭献的思路。

【二四】

《半塘丁稿》和冯正中①《鹊踏枝》十阕，乃《鹜翁词》之最精者。"望远愁多休纵目"等阕，郁伊惝恍，令人不能为怀。《定稿》只存六阕，殊为未允②。

注释

① 冯正中：冯延巳。

② 殊为未允：实在是很不公允的。

译文

《半塘丁稿》中的唱和冯延巳的《鹊踏枝》十首，是《鹜翁词》中最精美的。"望远愁多休纵目"等篇，抑郁低回失意惆怅，令人不能忘怀。《定稿》只存六首，这是很不公允的。

评注

李建中、秦李《人间词话新释》：王鹏运力尊词体，尚体格，提倡"重、拙、大"等，使常州词派的理论得以发扬光大，并直接影响当世词苑。况周颐的《蕙风词话》许多重要观点，即根源于王氏。晚清词学的兴盛，王氏起了重要作用。

【二五】

固哉，皋文①之为词也！飞卿②《菩萨蛮》、永叔③《蝶恋花》、子瞻④《卜算子》，皆兴到之作，有何命意？皆被皋文深文罗织。阮亭⑤《花草蒙拾》谓："坡公⑥命宫磨蝎，生前为王珪⑦、舒亶⑧辈所苦，身后又硬受此差排。"由今观之，受差排者，独一坡公已耶？

注释

① 皋文：清代词人张惠言。

② 飞卿：温庭筠。

③ 永叔：欧阳修。

④ 子瞻：苏轼。

⑤ 阮亭：王士祯。

⑥ 坡公：苏轼，号东坡。

⑦ 王珪：字禹玉，成都华阳（今四川成都）人。北宋宰相、文学家。

⑧ 舒亶：字信道，号懒堂，明州慈溪（今浙江宁波）人。北宋词人。曾与同僚奏苏轼作歌诗讥讪时事，并且上其诗3卷，酿成乌台诗案，为后世诟病。

译文

张惠言评议词作，也太牵强了！温庭筠的《菩萨蛮》、欧阳修的《蝶恋花》、苏轼的《卜算子》，都是一时即兴之作，有什么过深的寓意呢？都被张惠言编造附会了许多层意思。王士祯《花草蒙拾》说："苏轼命犯磨蝎星座，生前受王珪、舒亶这些人迫害，身后又硬受这种被人随意曲解的罪。"从现在来看，受人随意曲解的，难道只是一个苏东坡吗？

[评注]

叶嘉莹《从文本之潜能与读者之诠释谈令词的美感特质》：从理论上看，温庭筠的小词里确实充满了文化的语码（culturalcode），像"蛾眉""画蛾眉""懒起画蛾眉"等等，它能够引起人一大串的文化中上的联想。张惠言评说温词，以为有屈子《离骚》之意，他所依据的正是这种对文化语码的联想作用。

邱世友《张惠言论词的比兴寄托》：王国维从这点上批判张惠言的穿凿附会，穷究寄意，当然是对的。但兴到和兴寄并非迥然异趣，兴寄于不自知则可达到"直致所得以格自奇"的艺术境界。温飞卿的《菩萨蛮》、苏子瞻的《卜算子》就是这样的艺术境界，既是兴到而又兴寄于不自知其所以然。

【二六】

贺黄公①谓："姜论史②词，不称其'软语商量'，而称其'柳昏花暝'，固知不免项羽学兵法之恨。"然"柳昏花暝"，自是欧、秦③句法，前后有画工化工之殊。吾从白石④，不能附和黄公⑤矣。

[注释]

①贺黄公：贺裳，字黄公，清代词人。
②姜论史词：姜，姜夔。史，史达祖。

③欧、秦：欧，欧阳修。秦，秦观。

④白石：姜夔。

⑤黄公：贺裳。

译文

　　贺黄公认为："姜夔评论史达祖的词，不称道其中的'软语商量'，而赞赏其中的'柳昏花暝'，就像项羽学兵法一样（不懂兵法之妙），不免让人感到遗憾。"然而"柳昏花暝"本是欧阳修、秦观类词人的写法，但欧、秦与史相比，却有画工与化工的区别。所以，我认同白石，不能附和黄公的说法。

评注

　　陈玉兰《论"境界"说及其对新诗批评理论建设的意义》：《人间词话》评史达祖《双双燕》中"软语商量"与"柳昏花暝"，认为"前后有画工化工之殊"，这实即在文字的色彩、情味上作字质掂量与选择的体现。尤其是对"柳昏花暝"这样的意象化语言结构称之为有"化工"之妙，更显示出王氏对主体字质敏悟的赞赏。

【二七】

　　"池塘春草谢家春，万古千秋五字新。传语闭门陈正字①，可怜无补费精神。"此遗山②《论诗绝句》③也。梦窗、玉田④辈，当不乐闻此语。

注释

①陈正字：陈师道（1052—1102），字履常，一字无己，自号后山居士，北宋诗人。官至秘书省正字。因此被称"陈正字"。

②遗山：元好问（1190—1267），字裕之，号遗山山人，秀容（今山西忻县）人。金代文学家。

③金元好问《论诗绝句》二十九："传语闭门陈正字，可怜无补费精神。"施国祁笺注："陈无己平时出门，觉有诗思，便急归拥被，卧而思之，呻吟如病者，或累日方起，故曰：闭门觅句陈无己。"

④梦窗、玉田：梦窗，吴文英。玉田，张炎。

译文

"池塘春草谢家春，万古千秋五字新。传语闭门陈正字，可怜无补费精神。"这是元好问《论诗绝句》中的一首诗。吴文英、张炎这类的词人，应当不喜欢听到这些议论。

评注

彭玉平《人间词话》：王国维引述元好问评论谢灵运和陈师道的诗，意在为他批评南宋吴文英、张炎等人的词风提供佐证。吴文英和张炎的词正带有"闭门觅句"的特点，他们试图通过结构的安排和精心的构思，将主题曲折表现出来。但实际上往往造成的是情感的流失和景物的模糊，与"境界"也就愈趋愈远了。王国维在词史上不取南宋，很大的原因即根于此。

【二八】

朱子①《清邃阁论诗》谓："古人有句，今人诗更无句，只是一直说将去。这般一日作百首也得。"余谓北宋之词有句，南宋以后便无句。如玉田、草窗②之词，所谓"一日作百首也得"者也。

注释

①朱子：朱熹（1130—1200），字元晦，又字仲晦，号晦庵，晚称晦翁，谥文，世称朱文公。

②玉田、草窗：玉田，张炎。草窗，周密。

译文

朱熹《清邃阁论诗》中说："古人的诗中有佳句，今人的诗再也没有佳句，只是一直说下去的话。这样的诗一天写一百首也写得出来。"我认为北宋的词有句，南宋以后就没有句了。张炎、周密的词，就是所说的"一日作百首也得"那种词。

评注

吴洋《人间词话手稿本全编》：诗无真情便与废话无异，那种"只是一直说将去"的做法，不但追求不到诗歌的自然之美，反而只能将诗歌庸俗化。只是张炎、周密之词未必差到如此地步，王氏激愤之言也。

谢桃坊《评王国维对南宋词的艺术偏见》：关于篇与句的关系，一首诗或一首词应该是一个艺术的有机体。所谓"有句"，意即篇中时出警句，有的竟是名句，当然这更好。但是一篇之中仅有一二佳句，整篇却不佳，也应是失败的作品。可见，以"无句"来否定南宋词更不成其为理由，何况南宋词也并非"无句"。

【二九】

朱子①谓："梅圣俞②诗，不是平淡，乃是枯槁。"余谓草窗、玉田③之词亦然。

注释

①朱子：朱熹。
②梅圣俞：梅尧臣。
③草窗、玉田：草窗，周密。玉田，张炎。

译文

朱熹说："梅尧臣的诗不是平淡无味，而是枯槁没有生气。"我说张炎、周密的词也是这样。

评注

李建中、秦李《人间词话》：梅尧臣诗风的演变是以偏离唐诗风神情韵的风格为方向的，虽说这种程式有时给梅诗带来词句苦涩、缺乏韵味的特点，但它最终导致了新诗风的形成。梅诗的题材走向和风格倾向都具有开宋诗风气之先的意义。

黄霖、邬国平、周兴陆《人间词话鉴赏辞典》：王国维此处借用"枯槁"一词，似乎主要还不是着重从语言层面对张炎、周密的作品进行批评，而是偏重在词的内涵层面。在王国维看来，张炎、周密写的词大都感情苍白、含义淡薄，读后咀嚼不出什么味。他用"枯槁"批评他们的词，主要正是针对这一点。

【三十】

"自怜诗酒瘦，难应接，许多春色。"① "能几番游，看花又是明年。"② 此等语亦算警句耶？乃值如许费力！

注释

① 语出史达祖《喜迁莺》。
② 语出张炎《高阳台·西湖春感》。

译文

"自怜诗酒瘦，难应接，许多春色。""能几番游，看花又是明年。"这种话也算是警句吗？竟值得浪费许多笔力！

评注

万云峻《〈蕙风词话〉论词的鉴赏和创作及其承前启后的关系》：王氏认为此等词都刻画太过，用力太多，算不得警句。但蕙风对此词并不采取否定态度，他认为"自怜诗酒瘦，难应接许多春色"是反用杜甫"诗酒尚堪驱使在，未须料理白头人"的诗意。我个人认为蕙风的分析是恰当的。王国维对姜夔、史达祖、吴文英、张炎等人评价过低，甚至一味否定，是出于他尚北宋、抑南宋（南宋惟取辛弃疾）的偏见，恐不足为凭。

【三一】

文文山①词，风骨甚高，亦有境界，远在圣与②、叔夏、公谨③诸公之上。亦如明初诚意伯④词，非季迪⑤、孟载⑥诸人所敢望也。

①文文山：文天祥（1236—1283），号文山，初名云孙，字宋瑞，一字履善，又号浮休道人。南宋政治家、爱国英雄、诗人。

②圣与：王沂孙（1230—1289），字圣与，号碧山、中仙，会稽（今浙江绍兴）人。南宋诗人。

③叔夏、公谨：张炎、周密。

④诚意伯：刘基（1311—1375），字伯温，浙江青田人。明初政治家、文学家。

⑤季迪：高启（1336—1374），字季迪，长州（今江苏苏州）人。明初茂名诗人。

⑥孟载：杨基（1326—1378），字孟载，号眉庵。原籍嘉定州（今四川乐山）人。明初诗人。

译文

文天祥的词，风骨很高，也有境界，远在王沂孙、张炎、周密等人之上。就像明初刘基的词，不是高启、杨基等人所敢企望的。

人间词话删稿（四十九则）

祖保泉、张晓云《王国维与〈人间词话〉》：刘基是明代的开国功臣之一，同时又是诗文兼长的作家，他的词能抒发真情实感，在"乐府道衰"的明代，确实算是数得着的。而高启、杨基等人的词却往往缺乏真情，所以王国维说他们不能与刘基相比。然而就整部词史来说，王国维是认为"北宋后无词"的，因此说刘基的词很好，也只是就其时代相对而言的。

【三二】

和凝①《长命女》词："天欲晓。宫漏穿花声缭绕，窗里星光少。冷霞寒侵帐额，残月光沈树杪。梦断锦闱空悄悄，强起愁眉小。"此词前半，不减夏英公②《喜迁莺》也。此词见《乐府雅词》《历代诗余》选之。

注释

①和凝：五代十国时期宰相、文学家、法医学家，字成绩，郓州须昌（今山东东平）人。著作有《演纶》《游艺》《孝悌》《疑狱》《香奁》《籝金》等集，今多不传。现存有《宫词》百首等。作品流传和影响颇广，故契丹称他为"曲子相公"。

②夏英公：夏竦。

译文

和凝的《长命女》词："天欲晓。宫漏穿花声缭绕，窗里星光少。冷霞寒侵帐额，残月光沈树杪。梦断锦闱空悄悄，强起愁眉小。"这首词的前半部分，不比夏英公的《喜迁莺》逊色。这首词在《乐府雅词》《历代诗余》也有载录。

评注

　　沈文凡、张德恒《名家讲解人间词话》：王氏将这两首词并举，并非是因为这两首词的"境界"类似，而是因为这两首词均为"宫词"，其所描写的都是宫中之气象，而其词又均有一定"境界"，故王国维特表而出之，至于这两首词中具体"境界"则二者实无相类处。

【三三】

　　宋《李希声[①]诗话》云："唐人作诗，正以风调高古为主。虽意远语疏，皆为佳作。后人有切近的当、气格凡下者，终使人可憎。"余谓北宋词亦不妨疏远。若梅溪[②]以降，正所谓"切近的当、气格凡下"者也。

注释

　　① 李希声：李惇，字希声，北宋诗人，著有《李希声诗话》。
　　② 梅溪：史达祖。

译文

　　宋代的《李希声诗话》中说："唐人作诗，是以风骨格调高雅古朴为主。虽然意旨悠远用语疏简，但都是佳作。后人所写的过于写实、气韵格调凡庸低下的，终究让人感到面目可憎。"我认为：北宋的词也不因疏简悠远而有所影响。至于史达祖以后的词人，正是所谓的"写词过于写实、气韵格调凡庸低下"的一种人。

　　孙维城《〈蕙风词话〉〈人间词话〉〈白雨斋词话〉比较》：风调高古的作品不妨疏远，而气格凡下的作品盖在淘汰之列，如南宋梅溪以降，正所谓切近的当、气格凡下者也。这是他的尊北宋而抑南宋的观点的表现。

【三四】

　　自竹垞①痛贬《草堂诗余》而推《绝妙好词》②，后人群附和之。不知《草堂》虽有亵诨之作，然佳词恒得十之六七。《绝妙好词》则除张、范、辛、刘③诸家外，十之八九，皆极无聊赖之词。古人云："小好小惭，大好大惭。"洵非虚语。

注释

　　①竹垞：朱彝尊。

　　②朱彝尊《书绝妙好词后》："词人之作，自《草堂诗余》盛行，屏去《激楚》《阳阿》，而《巴人》之唱齐进矣。周公谨《绝妙好词》选本虽未尽醇，然中多俊语，方诸《草堂》所录，雅俗殊分。"

　　③张、范、辛、刘：张，张孝祥。范，范成大。辛，辛弃疾。刘，刘过。均为南宋词人。

译文

　　自从朱彝尊痛贬《草堂诗余》而推崇《绝妙好词》以来，后人便群起而附和他。却不了解《草堂》虽然有不够庄重和插科打诨的作品，然而佳词总能有十分之六七。《绝妙好词》中则除了张、范、辛、刘几家外，十分之八九，都是百无聊赖的词作。古人云："自己感到不满意的，别人却称赞说好；自己感到非常不满意的，别人却说非常非常好。"绝不是虚话。

评注

施议对《人间词话译注》：朱彝尊痛贬《草堂诗余》而推尊《绝妙好词》，就是以传统雅词观念为批评标准的。王国维反其道而行之，以为《草堂诗余》虽有亵诨之作，而佳词十之六七，《绝妙好词》则十之八九为无聊赖之作，其反传统精神颇可称道。而且，王氏不赞赏"无聊赖之词"，当与所提倡"真景物，真感情"相关。

李建中、秦李《人间词话》：《绝妙好词》以姜夔为宗，"醇雅清空"，其选词也以此为最高境界，注重词本身的音节词藻之美，不注重词对现实的反映，也因此受后人诟病。

【三五】

梅溪、梦窗、玉田、草窗、西麓诸家[①]，词虽不同，然同失之肤浅。虽时代使然，亦其才分有限也。近人弃周鼎[②]而宝康瓠[③]，实难索解。

注释

① 梅溪、梦窗、玉田、草窗、西麓：分别为史达祖、吴文英、张炎、周密、陈允平的号。他们都是南宋词人。

② 周鼎：周代传国宝器，比喻高贵的人和物。

③ 康瓠：已经破裂的空瓦壶，比喻庸才。出自《史记·屈原贾生列传》。

译文

史达祖、吴文英、张炎、周密、陈允平等词人，词虽然不同，然而同样失之于肤浅。虽然是时代使他们这样，也是他们的才气有限的缘故。近人丢掉周鼎却把康瓠当作宝贝，实在难以理解。

评注

姜荣刚《王国维"意境"说的提出与晚清词坛——兼论"意境"说对词体的消解》：王国维的词人批评与晚清词人可以说存在巨大差异，这种错位并非仅仅是审美观点的差异，也非一时的门户之见，而是针对晚清词坛的整个创作倾向有为而发。他在批评梅溪、梦窗、中仙、玉田、草窗、西麓诸家词"同失之浮浅"时，不禁感慨道"近人弃周鼎而宝康瓢（瓠），实难索解"，这后面的一句话恐怕才是他词人批评的最终目的。

李梦生《〈人间词话〉导读》：贾谊在《吊屈原赋》中，列举社会上不正常的现象来比喻屈原高才而遇逡，不见用于世，有"弃周鼎而宝康瓠"句，王国维引以攻讦晚清词坛重史达祖、吴文英、张炎等人，认为南宋词比北宋深致的谬说，与他的词学理论是一致的。

【三六】

余友沈昕伯^①（纮）自巴黎寄余《蝶恋花》一阕云："帘外东风随燕到。春色东来，循我来时道。一霎围场生绿草，归迟却怨春来早。锦绣一城春水绕。庭院笙歌，行乐多年少。著意来开孤客抱，不知名字闲花鸟。"此词当在晏氏父子^②间，南宋人不能道也。

注释

① 沈昕伯：沈纮，王国维的朋友。
② 晏氏父子：晏殊和他的儿子晏幾道。

译文

我的朋友沈纮从巴黎寄给我一首《蝶恋花》："帘外东风随燕到。春色东来，循我来时道。一霎围场生绿草，归迟却怨春来早。锦绣一城春水绕。庭院笙歌，行乐多年少。著意来开孤客抱，不知名字闲花鸟。"这首词的水平应当在晏殊和他的儿子晏幾道之间，南宋人是写不出来的。

评注

顾宝林《王国维〈人间词话〉对晏欧三家词的接受与批评》：沈昕伯《蝶恋花》一词依笔者看来无非是书写自己旅居海外的一段春愁。上片以写景为主兼有抒情，点出"春怨"的主题。下片重在抒情，庭院笙歌中点出自己的淡淡哀愁。上下片呼应，结构较为严谨。词风自然朴素，情意闲婉真切。有点类似二晏词情词风，但在词作意境上不如二晏词般空灵蕴藉。

彭玉平《人间词话》：王国维认为沈纮此词具有北宋晏殊、晏幾道父子的风味，是看出其中所包含的真感情与真景物了。而认为这样的词"南宋人不能道也"，其实是对南宋词在寄兴言情方面的不足深有体会之言。自然之语、真实情景、深远之致三者的结合是构成优秀作品的必备条件。按此标准，沈纮此词确实允无愧色的。

【三七】

"君王忍把平陈业，换得雷塘数亩田"①，政治家之言也。"长陵亦是闲丘陇，异日谁知与仲多"②，诗人之言也。政治家之眼，域于一人一事。诗人之眼，则通古今而观之。词人观物，须用诗人之眼，不可用政治家之眼，故感事、怀古等作，当与寿词同为词家所禁也。

注释

① 罗隐《炀帝陵》："入郭登桥出郭船，红楼日日柳年年。君王忍把平陈业，换得雷塘数亩田。"

② 唐彦谦《仲山》（高祖兄仲山隐居之所）："千载遗踪寄薜萝，沛中乡里旧山河。长陵亦是闲丘陇，异日谁知与仲多？"

译文

"君王忍把平陈业，换得雷塘数亩田。"是政治家的语言。"长陵亦是闲丘陇，异日谁知与仲多？"是诗人的语言。政治家的眼光，局限于一人一事。诗人的眼界，则通览古今。词人观察事物，必须用诗人的眼光，不可以用政治家的眼光，所以感事、怀古等作品，应当与寿词一样同为词家所不愿意写的。

评注

易容《王国维的人生"欲"与"美"及梁启超的"趣味"说》：他（王国维）糅合了叔本华"意志论"和康德"审美判断"理论，将人们在审美活动中常感知的问题，上升为对审美经验的理论阐释。他的这种审美经验理论和审美标准，在当时应该说是相当抽象也相当理想化的。

吴奔星《王国维的美学思想——"境界"论》：在诗词创作上，如果"域于一人一事"，就可能流于自然主义，不可能创造典型的境界，表现典型的情绪。王国维提出"通古今而观之"这一原则，就是要突破"一人一事"的范围，根据历史条件和现实环境，进行广泛的概括，正像小说家必须描绘典型环境的典型人物一样，诗人也必须表现典型环境的典型情绪。

【三八】

宋人小说，多不足信。如《雪舟脞语》谓，台州知府唐仲友眷官妓严蕊①奴，朱晦庵②系治之。及晦庵移去，提刑岳霖行部至台，蕊乞自便。岳问曰："去将安归？"蕊赋《卜算子》词云："住也如何住"云云。案：此词系仲友戚高宣教作，使蕊歌以侑觞者，见朱子《纠唐仲友奏牍》。则《齐东野语》所纪朱、唐公案，恐亦未可信也。

注释

① 严蕊：字幼芳。南宋天台官妓。女词人。有《卜算子》《如梦令》等词传世。

② 朱晦庵：朱熹。

译文

宋代的小说，很多是不值得相信的。如《雪舟脞语》说：台州知府唐仲友娶官妓严蕊为妾。朱熹要惩治他。等到朱熹调走后，提刑官岳霖巡查到台州，严蕊申诉恢复人身自由。岳霖审问道："出狱后你打算回哪里？"严蕊歌吟诵《卜算子》道："住也如何住"等等。据说，这首词是唐仲友亲戚高宣教写的，让严蕊吟诵用来助酒兴的。记录在朱子的《纠唐仲友奏牍》中。这样看来，《齐东野语》所记录的朱、唐公案，恐怕也未必可以相信。

评注

黄霖、邬国平、周兴陆《人间词话鉴赏辞典》：笔记小说的记载往往附会故事，夸大事实，取以为立论的根据自宜十分谨慎，王国维通过对严蕊《卜算子》词的考辨，提出"宋人小说，多不足信"的看法，这是有道理的。不过，又不可一概而论，古人写笔记小说的态度并非纯粹出于虚构，而往往是虚实并录，真伪杂陈，因此需要实事求是地看待这类材料。

张中《唐宋词鉴赏辞典》：这（严蕊《卜算子》"不是爱风尘"）是一首天籁之作。词中既有对不幸生活的抗争，又有对美好未来的希冀，整首词写得轻灵、自然，恰到好处地表现出一个年轻女性的才情与个性。

【三九】

《沧浪》①《凤兮》②二歌，已开楚辞体格。然楚辞之最工者，推屈原、宋玉③，而后此王褒④、刘向⑤之词不与焉。五古之最工者，实推阮嗣宗⑥、左太冲⑦、郭景纯⑧、陶渊明，而前此曹⑨、刘⑩，后此陈子昂⑪、李太白⑫不与焉。词之最工者，实推后主、正中、永叔、少游、美成⑬，而前此温、韦⑭，后此姜、吴⑮，皆不与焉。

注释

①《孟子·离娄上》有《孺子歌》曰："沧浪之水清兮，可以濯我缨。沧浪之水浊兮，可以濯我足。"

②《论语·微子》："楚狂接舆歌而过孔子曰：'凤兮凤兮，何德之衰？往者不可谏，来者犹可追。已而已而，今之从政者殆而！'"

③宋玉：战国时楚国辞赋家。

④王褒（？—前61）：字子渊，蜀资中（今四川资阳）人。西汉辞赋家。

⑤刘向（前77年—前6年）：本名更生，字子政，沛（今江苏沛县）人。西汉著名经学家、目录学家、文学家。

⑥阮嗣宗：阮籍（210—263），字嗣宗，陈留（今属河南）人。三国魏诗人。

⑦左太冲：左思（250—305），字太冲，齐国临淄（今属山东）人。西晋文学家。

⑧郭景纯：郭璞（276—324），字景纯，河南闻喜（今属山

西）人。东晋训诂学家、文学家。

⑨ 曹：曹植（192—232），字子建，沛国谯县（今安徽亳州）人。著名诗人。

⑩ 刘：刘桢（？—217），字公幹，东平（今属山东）人。汉末建安诗人。

⑪ 陈子昂（661—702）：字伯玉，梓州射洪（今属四川）人。唐代诗人。

⑫ 李太白：李白。

⑬ 后主、正中、永叔、少游、美成：李煜、冯延巳、欧阳修、秦观、周邦彦。

⑭ 温、韦：温庭筠、韦庄。

⑮ 姜、吴：姜夔、吴文英。

译文

《沧浪》《凤兮》两首诗歌，就已经开创了楚辞的文体形式。然而楚辞中最精致优秀的作家，当推屈原、宋玉，这以后的王褒、刘向的词不能和他们相比。五言古诗中最优秀的，实实在在当推阮嗣宗、左太冲、郭景纯、陶渊明，而他们以前的曹植、刘桢，以及他们以后的陈子昂、李白都不能和他们相比。词的最优秀的作家中，确确实实当推李煜、冯延巳、欧阳修、秦观、周邦彦，而他们之前的温庭筠、韦庄，他们之后的姜夔、吴文英就不能和他们相比了。

评注

李建中、秦李《人间词话》：历史上每一种文体都会经过一个兴起、全盛到衰落的过程。从最早的辞赋，到后来的古体诗、近体诗，再到后来的词曲，无一不是如此。然而这也只是一般的情况，不能据此认为后必不如前，对待具体的诗人和作品还要做具体的分析，这样才能不空。陈子昂与李白的五古未必不如前人；南宋词未必不如北宋词工整——这些都是值得考虑的。一个学者，不惟有宏观的知识轮廓，亦必有细节处的独到体察。

吴世昌《词林新话》：静安论词曰："词之最工者，实推后主、正中、永叔、少游、美成，而后此南宋诸公（而此前温、韦，后此姜、吴，皆）不与焉。"此语自是卓识，但不能排除温、韦及《花间》诸大作家，否则数典忘祖矣。

沈文凡、张德恒《名家讲解人间词话》：王氏对如何更好地继承古人作品之精华是有很深思考的，只是王氏并没有为我们提供如何学习古人的方法，或者在他看来，对于古代经典作品的学习因人而异，不能用教条来框范吧。

【四十】

唐五代之词，有句而无篇。南宋名家之词，有篇而无句。有篇有句，唯李后主①降宋后之作，及永叔、子瞻、少游、美成、稼轩②数人而已。

注释

① 李后主：李煜。

② 永叔、子瞻、少游、美成、稼轩：欧阳修、苏轼、秦观、周邦彦、辛弃疾。

译文

唐朝、五代的词，有名句却没有名篇。南宋名家的词，是有名篇却没有名句。有名篇有名句的，只有李煜投降宋朝之后的作品，以及欧阳修、苏轼、秦观、周邦彦、辛弃疾几位的作品罢了。

评注

　　施议对《人间词话译注》：这里，所谓"有名句"或"有句"、是与"无句"相对立的。"有名句"，或"有句"，就是有句外之意，即有境界；而"无句"，便是"一直说将去"，如朱熹所说"一日作百首也得"，即无境界。至于"篇"，王国维的概念则十分含混。王国维说："唐五代之词，有句而无篇，南宋名家之词，有篇而无句。"其所谓"篇"，似乎指一般意义上的篇章结构。

　　蒋哲伦《王国维论清真词》：这里的"句"和"篇"关系重大，恐怕不能简单照字面解，否则许多问题就说不通。按照我的理解，"句"实在包含了句中之"意"，它跟词的意境是相通的。

【四一】

　　唐、五代、北宋之词家，倡优也。南宋后之词家，俗子也。二者其失相等。但词人之词，宁失之倡优，不失之俗子。以俗子之可厌，较倡优为甚故也。

译文

　　唐、五代、北宋的词作家，还可相当于以音乐歌舞或杂技戏谑娱人的艺人。南宋以后的词家，就是凡夫俗子了。虽然二者恐怕不能相提并论。但词人的词，宁可失之于倡优一类，不失之于俗子之类。因为俗子太可厌，相较倡优更可厌的缘故。

魏红梅《从〈人间词话〉看王国维对清代词人的评价》：平心而论，"倡优"与"俗子"的比方并没有见到它的妙处，而王国维借此而喻，大意不过是强调文学之"真"与"纯"的重要。因为倡优之俗乃坦诚无隐，而俗子之俗则不免虚骄和伪饰了，两者虽然都属于"失"，但也有失之多与失之少、失之本与失之末的区别。

吴洋《人间词话手稿本全编》：倡优之词，娱人也。俗子之词，逞才也。娱人之词，虽有媚骨而态度谦逊可亲也。逞才之词，每有骄气而态度桀骜不可近也，若遇才不足之人，其词更面目可鄙矣。

【四二】

《蝶恋花》"独倚危楼"一阕，见《六一词》，亦见《乐章集》。余谓：屯田^①轻薄子，只能道"奶奶兰心蕙性"^②耳。

注释

①屯田：柳永。

②柳永《玉女摇仙佩》："飞琼伴侣，偶别珠宫，未返神仙行缀。取次梳妆，寻常言语，有得几多姝丽。拟把名花比。恐旁人笑我，谈何容易。细思算，奇葩艳卉，惟是深红浅白而已。争如这多情，占得人间，千娇百媚。须信画堂绣阁，皓月清风，忍把光阴轻弃。自古及今，佳人才子，少得当年双美。且恁相偎倚。未消得、怜我多才多艺。愿奶奶兰心蕙性，枕前言下，表余深意。为盟誓。今生断不孤鸳被。"

译文

《蝶恋花》"独倚危楼"一阕，见《六一词》，也见《乐章集》。我认为柳永是个轻浮浅薄的人，只能写出"奶奶兰心蕙性"那样的句子罢了。

评注

欧明俊《柳永评价"热点""盲点"透视》：柳永制谱填词，多是付于歌妓演唱，多是"代言"体，不是"言志"诗。词中表达的感情多是虚拟性的，不一定是作者的真实感情，词的风格的崇卑高下多因歌唱对象、接受对象的身份及欣赏接受能力而定，不一定代表作者的人格。此时，人品与词品是相对分离的。

【四三】

读《会真记》者，恶张生之薄倖而恕其奸非。读《水浒传》者，恕宋江之横暴而责其深险。此人人之所同也。故艳词可作，唯万不可作儇薄①语。龚定庵②诗云："偶赋凌云偶倦飞，偶然闲慕遂初衣。偶逢锦瑟佳人问，便说寻春为汝归。"其人之凉薄无行，跃然纸墨间。余辈读耆卿、伯可③词，亦有此感。视永叔、希文④小词⑤何如耶？

注释

① 儇薄：轻薄浮滑。

② 龚定庵：龚自珍（1792—1841），字璱人，号定庵，清代思想家、诗人、文学家和改良主义的先驱者。晚年居住昆山羽琌山馆，又号羽琌山民。

③耆卿、伯可：分指柳永、康与之，耆卿是柳永的字，伯可是康与之的字。

④永叔、希文：欧阳修、范仲淹。

⑤小词：宋词的分类之一，即后世所称的令、引、近。

读《会真记》，憎恨张生的薄情寡恩，却原谅他的偷情不法。读《水浒传》，容忍宋江的强横暴戾，却谴责他的深沉阴险。这是每个人都一致的。所以，浓艳的词可以写，唯有不可以用巧佞轻佻的言语。龚自珍的诗写道："心血来潮抒发自己凌云壮志，仕途疲惫了不想翱翔了。突发感叹羡慕陶渊明的悠然，于是换上书生装束。逢场作戏，信手弹琴的美人低声问，顺口就说追寻着春天的足迹都是期望能和你相会啊。"这种人的轻薄没有德行，栩栩如生地矗立在描写厚重的纸墨间。我这一代人读柳永、康与之的词，也有这样感受。看欧阳修、范仲淹的小词哪里会像这样呢？

赵庆麟《融通中西哲学的王国维》：王国维虽对淫词不一概反对，但反对作僻薄语，"艳词可作，唯万不可作僻薄语。""永叔、少游虽作艳语，终有品格。"而认为龚自珍的"偶赋《凌云》偶倦飞，偶然闲慕遂初衣，偶逢锦瑟佳人问，便说寻春为汝归。"是"凉薄无行"。类似柳永的《玉女摇仙佩（佳人）》中有"奶奶兰心蕙性"等句也为"轻薄子"。王国维所反对的僻薄语，也是游词的一个方面，僻薄语带有油腔滑调的味道，为诗词所不取。

【四四】

词人之忠实，不独对人事宜然。即对一草一木，亦须有忠实之意，否则所谓游词①也。

注释

① 游词：浮夸的言辞。

译文

词人的忠厚诚实，不单单是指待人接物与人交往应该这样。就是面对一草一木，也必须有忠厚诚实的想法，不然，就是所说的浮夸的言辞了。

评注

李建中、秦李《人间词话》：诗人唯有忠实，才能抓住眼前景物，才能表现真实性情，一旦虚浮，就容易"隔"，也即"游词"也。

王振铎《〈人间词话〉与〈人间词〉》：忠实地、真诚地对待种种人、景、物、事，才能写出真境界。"词人之忠实，不独对人事宜然。即对一草一木，亦须有忠实之意。"即使作艳词，也要不作"儇薄语"，情真意切，像《古诗十九首》那样，使读者感到"亲切动人"，觉其"精力弥满"，那也算是写出了真境界。

【四五】

读《花间》《尊前集》，令人回想徐陵①《玉台新咏》。读《草堂诗余》，令人回想韦縠②《才调集》。读朱竹垞③《词综》、张皋文④、董子远⑤《词选》，令人回想沈德潜⑥《三朝诗别裁集》。

注释

① 徐陵（507—583），字孝穆。南北朝梁、陈文学家。

② 韦縠：五代后蜀文学家。

③ 朱竹垞：朱彝尊，清初浙西词派的代表，奉姜夔、张炎为词坛正宗，主张词风"清空"。

④ 张皋文：张惠言。

⑤ 董子远：董毅，张惠言的外孙。

⑥ 沈德潜（1673—1769），字确士，号归愚，谥文悫，长州（今江苏苏州）人。清代诗人，强调诗歌为政治服务。

译文

读《花间》《尊前集》，就让人回想起徐陵写的《玉台新咏》。读《草堂诗余》，就让人回想起韦縠写的《才调集》。读朱彝尊的《词综》，张皋文、董子远的《词选》，就让人回想起沈德潜的《三朝诗别裁集》。

评注

施议对《人间词话译注》:《花间集》和《尊前集》，作为唐五代时期的两个歌词总集，基本上以言花柳与闺情为主，在题材上，与《玉台新咏》颇为相近。《草堂诗余》是南宋坊间所刻歌词总集，为说唱艺术的脚本，专为备唱用，与崇尚韵高词丽之《才调集》，其美感兴趣当也有某些相近之处。而朱彝尊的《词综》及张惠言等人的《词选》《续词选》，其选词宗旨或在于主"醇雅"，或在于体现其"意内言外"之说，这与沈德潜之提倡温柔敦厚的诗教原则，更是同出一辙。

【四六】

明季、国初①诸老之论词，大似袁简斋②之论诗，其失也，纤小而轻薄。竹垞③以降之论词者，大似沈归愚④，其失也，枯槁而庸陋⑤。

注释

① 明季、国初：明末清初。

② 袁简斋：袁枚（1716—1797），字子才，号简斋，浙江钱塘（今杭州）人。清代著名文学家。

③ 竹垞：朱彝尊。

④ 沈归愚：沈德潜。

⑤ 庸陋：平庸粗陋。

译文

明朝晚期清朝初年，各位前辈的有关词的理论观点，大体像袁枚的诗论观点，他们的不足点，单薄无力并很肤浅。朱彝尊以后的词论家，大体都像沈归愚，他们的不足，没有新的观点、教条缺乏活力而且平庸粗陋。

罗钢《当"讽喻"遭遇"比兴"——一个西方诗学观念的中国之旅》：王国维对康德的审美无功利学说一直信守不渝，从他的第一篇美学论文《孔子之美育主义》，直到《人间词话》的写作，其间王国维的美学观念发生过若干改变，但这种审美无功利的立场却是坚定不移的。……就是为什么王国维认为沈德潜的诗论和常州词派的词论同样"枯槁而庸陋"，因为他们用的都是"政治家之眼"，而非"诗人之眼"。

【四七】

东坡①之旷在神，白石②之旷③在貌。白石如王衍④，口不言阿堵物⑤，而暗中为营三窟之计，此其所以可鄙⑥也。

注释

①东坡：苏轼。

②白石：姜夔。

③旷：旷达、洒脱。

④王衍：字夷甫，西晋政治家。

⑤阿堵物：孔方兄，钱币，金钱。

⑥可鄙：可说鄙俗、粗鲁。

译文

苏轼的旷达表现在神韵内在精神上，姜夔的旷达则表现在形式上。姜夔跟王衍一样，嘴上不说孔方兄，然而，内心深处却思虑着如何经营狡兔三窟，这是他之所以很粗俗的地方。

云告《从老子到王国维——美的神游》：在王国维眼里，姜白石的人格和胸襟气度是比较低下的。王国维将他同苏东坡比较说："东坡之旷在神，白石之旷在貌。白石如王衍口不言阿堵物，而暗中为营三窟之计，此其所以可鄙也。"意思是讲东坡的旷达是真的，白石的旷达只不过是表面的做作，有如《世说新语》所讲王衍那样，口不言钱，暗地却像妇人一样"贪浊"。

方智范《论苏轼与南宋初词风的转变》：东坡为抒写他的"逸怀浩气"，常采取满心而发，肆口而成的直抒胸臆的表情方式。他的不少词感情外放而不内敛，以开合舒卷见长，不以委曲深微取胜。

【四八】

"纷吾既有此内美兮，又重之以修能。"①文学之事，于此二者不可缺一。然词乃抒情之作，故尤重内美。无内美而但有修能，则白石②耳。

注释

①此二句出自屈原《离骚》。以屈原的修养来说明文学的内美。

②白石：姜夔。

译文

"我既然有这样美好的美德内心世界，又很注重外在才能的培养修炼。"写文章做学问，对于这两个方面，不能缺少一个方面。然而，词就是抒情的创作，所以，尤其重视词人内在的美。

没有自己内在的美却只有外表才能的修饰，就是姜夔这样的人罢了。

评注

曹旭、陆路《王国维视域中的周邦彦词》：内美主要偏重于自然感发，而修能更偏重于思力安排。结合"散文易学而难工，骈文难学而易工。近体诗易学而难工，古体诗难学而易工。小令易学而难工，长调难学而易工"，可见王国维觉得难学易工的为重规矩的文体，易学难工的为重自然感发的文体，且以后者为高。

【四九】

诗人视一切外物，皆游戏①之材料也。然其游戏，则以热心为之。故诙谐与严重②二性质，亦不可缺一也。

注释

① 游戏：游玩，戏说。
② 严重：严肃庄重。

译文

诗人看待一切外界万物，都是戏说演化的材料。然而他们戏说演化，都是用炽热之心去戏说演化。所以诙谐与严肃两种态度，也是缺一不可的。

评注

佛雏《〈人间词话〉三题》：静安以"诙谐"与"严肃"对举，

他的意思是，在诗词中，无论从事何种自由想象、思想游戏，都须有个"严肃"在。

李建中、秦李《人间词话》：文学一旦失掉它的严肃性，就会沦为游戏；然而如果写作时一味板着面孔说教，则会流于枯槁，没有鲜活的生命力，也就不能打动人心。所以好的文学作品既要有游戏的情趣，获得一种愉快人心的力量，又必须保持它的严肃性，给人震撼的力量。这是创作者必须注意的。

人间词话补录

（十三则）

---

*　本部分是据滕咸惠的《人间词话新注》（简称《新注》）补录的王国维论词十三则，谓之拾遗。

【一】

余填词不喜作长调，尤不喜用人韵。偶尔游戏，作《水龙吟》①咏杨花，用质夫、东坡②唱和韵，作《齐天乐》③咏蟋蟀，用白石④韵，皆有与晋代兴⑤之意。然余之所长殊不在是，世之君子宁以他词称我。

——录自《新注》之二十四

注释

①《水龙吟》：王国维《水龙吟·杨花》(用章质夫苏子瞻唱和韵)："开时不与人看，如何一霎濛濛坠。日长无绪，回廊小立，迷离情思。细雨池塘，斜阳院落，重门深闭。正参差欲住，轻衫掠处，又特地，因风起。花事阑珊到汝。更休寻满枝琼坠。算人只合，人间哀乐，者般零碎。一样飘零，宁为尘土，勿随流水。怕盈盈、一片春江，都贮得，离人泪。"

②质夫、东坡：章楶、苏轼。

③《齐天乐》：王国维《齐天乐·蟋蟀》(用姜石帚原韵)："天涯已自愁秋极，和须更闻虫语。午响瑶阶，旋穿绣闼，更入画屏深处。喁喁似诉。有几许哀丝，佐伊机杼。一夜东堂，暗抽离恨万千绪。空庭相和秋雨。又南城罢柝，西院停杵。试问王孙，苍茫岁晚，那有闲愁无数？宵深谩与。怕梦稳春酣，万家儿女。不识孤吟，劳人床下苦。"

④白石：姜夔。

⑤与晋代兴：典出《国语·郑语》，喻超越原作，创意出奇之意。

我创作词不喜欢创作长调，尤其是不喜欢写和韵词。偶尔戏作，写了阕《水龙吟》咏杨花，用章质夫、苏东坡提倡的和韵，写了阕《齐天乐》咏蟋蟀，用姜夔的韵，都完全可以和他们的原创媲美。我的长处并不在这方面，宁愿世上的君子称赞我其他的词作。

评注

李梦生《〈人间词话〉导读》：这一条是他对自己作品的解剖，以说明自己理论与实践一致。王国维的《人间词》共收词104首，其中长调不到10首，可见他所说的"填词不喜作长调"并非虚话。

陈鸿祥《〈人间词话〉〈人间词〉注评》：值得注意的是，说到"用质夫、东坡倡和韵""用白石韵"，他（王国维）在手稿中最初写的是，"与晋楚争霸"，意即欲"胜古人"，这当然也对；旋即改为"与晋代兴"，其"意"就更高了一层。这不仅表明，"一代有一代之文学"，后人不应因袭前人，用我们今天的话来说，因袭前人，乃是文学"教条主义"。

【二】

樊抗夫^①谓余词如《浣溪沙》之"天末同云"、《蝶恋花》之"昨夜梦中""百尺朱楼""春到临春"等阕，凿空而道，开词家未有之境。余自谓才不若古人，但于力争第一义处，古人亦不如我用意耳。

——录自《新注》之二十六

155

人间词话补录（十三则）

注释

① 樊抗夫：樊炳清，字抗夫，王国维在东文学社就学时的同学。

译文

樊抗夫评价我的词，如《浣溪沙·天末同云》《蝶恋花·昨夜梦中》《蝶恋花·百尺朱楼》《蝶恋花·春到临春》等词作，敢于独创，写出前人词家从来没有写过的境界。我自认为才华不如前人，但是，在开拓创新力求达到最高境界、最高水平方面，前人也不如我竭尽全力罢了！

评注

朱庸斋《分春馆词话》：王国维《人间词话》标举境界，而其所为词却未见"境界"，盖其境界非出于自然故也。其论词，力主"不隔"，而其所为词却刻画求工，虽力图摹拟唐五代、北宋，总觉费力，令人难以捉摸。其《蝶恋花》词云："百尺朱楼临大道，楼外轻雷，不问昏和晓。独倚阑干人窈窕，闲中数尽行人少。一霎车尘生树杪，陌上楼头，总向尘中老。薄晚西风吹雨到，明朝又是伤流潦。"比庄棫笔力较为挺健，感情亦较真挚。然用力过重，终欠自然。

【三】

叔本华① 曰："抒情诗，少年之作也；叙事诗及戏曲，壮年之作也。"余谓：抒情诗，国民幼稚时代之作也；叙事诗，国民盛壮时代之作也。故曲则古不如今。（元曲诚多天籁，然其思想之陋劣，布置之粗笨，千篇一律，令人喷饭。至本朝之《桃花扇》②《长生殿》③诸传奇，则进矣。）词则今不如古。盖一则以布局为主，一则须伫兴而成故也。

——录自《新注》之二十八

注释

①叔本华（1788—1860）：德国古典哲学家，著有《作为意志和表象的世界》等。本则引文即出自该书。按版本不同，引文略有差异。

②《桃花扇》：清代传奇名作。作者孔尚任，字聘之，又字季重，号东塘，别号岸堂，自号云亭山人，著有《桃花扇》等传奇多种。

③《长生殿》：清代传奇名作。作者洪昇，字昉思，号稗畦，浙江钱塘（今杭州）人。著有《长生殿》传奇及杂剧多种。

译文

叔本华说："抒情诗，少年时期的作品；叙事诗和戏曲，壮年时期的作品。"我认为：抒情诗，国民幼稚时代的作品；叙事诗，国民盛壮时代的作品。因此曲的发展趋势是古不如今。（元曲虽然常有佳作，但是思想内容的粗陋低劣，篇章布置的粗糙笨拙，差不多篇篇如此，真叫人为之喷饭。至于本朝的《桃花扇》《长生殿》等传奇，就大有进步。）词的发展趋势是今不如古。因为一个是以谋篇布局为主，一个必须有所兴发才能有所创作。

评注

彭玉平《人间词话》：王国维虽然对元曲的评价偏低，但只是针对其"思想之陋劣"与"布置之粗笨"这二者而言的，并非对于元曲的整体性否定。

王攸欣《选择·接受与疏离：王国维接受叔本华、朱光潜接受克罗齐美学比较研究》：叔本华把天才与儿童相比，认为其间有某种相似性，智力趋于发达，但欲望，主要是性欲却没有产生，所以极易达到纯粹直观，觉知藏于摩耶之幕后的理念，……主观的诗人、客观的诗人之分也由叔本华论述而来，叔本华认为抒情诗主观性较强，而长篇小说、史诗和戏剧，则客观性较强，王国维自然把词当作抒情诗，所以词人就是主观的诗人。

【四】

"岂不尔思，室是远而。"而孔子讥之。故知孔门而用词，则牛峤之"甘作一生拚，尽君今日欢"等作，必不在见删之数。

——录自《新注》之二十五

译文

古诗写道："并不是不想念你，而是因为你和我离得太远了。"孔子讥笑写这首诗的人，并揭露他的虚伪。所以，如果依照孔门对于诗歌所持的观点，那么，牛峤所写的"甘愿拼此一生，也要尽情地满足你今天的快乐"等作品，就必然不在被删除的范围之内。

评注

吴洋《人间词话手稿本全编》：牛峤此词，极为直率冶艳。词中的女主人公竟然亲口说出此等"非礼"之语，完全不顾贞操礼教，使得卫道之士攻之不遗余力。然而我们应该看到，不管作者的创作态度和价值取向是什么，这首词都生动活泼地表现了民间女子对爱情的大胆追求，这种真诚炽烈的情感在后来理学盛行的时代儿乎绝迹。

施议对《人间词话译注》：王氏倡导境界说，提倡真景物、真感情，牛峤所谓"作情语而绝妙者"！关键在其真，这是王氏所赞赏的。

【五】

"暮雨潇潇郎不归"，当是古词，未必即白傅①所作。故白诗云："吴娘夜雨潇潇曲，自别苏州更不闻"也。

——录自《新注》之五十八

注释

① 白傅：白居易。

译文

"暮雨潇潇郎不归"，应当是古词，不能断定就是白居易所作。所以白居易诗中写道："潇潇夜雨中吴娘所唱的思君曲，自从离开苏州以后就再也听不到了。"

评注

黄霖、邬国平、周兴陆《人间词话鉴赏辞典》：如果真是吴二娘作，吴二娘是白居易同时代的江南歌女（杨慎认为是"杭州名妓"），这也与"古词"无关。早期有些词作，其作者往往难以断定，著名的例子如传李白作《忆秦娥》词，分歧意见也很大。这两首《长相思》也是如此。

【六】

　　贺黄公[①]（裳）《皱水轩词筌》云："张玉田[②]《乐府指迷》其调叶宫商、铺张藻绘抑亦可矣，至于风流蕴藉之事，真属茫茫。如啖官厨饭者，不知牲牢之外别有甘鲜也。"此语解颐。

—— 录自《新注》之六十四

注释

　　① 贺黄公：贺裳。
　　② 玉田：张炎。

译文

　　贺黄公（裳）《皱水轩词筌》说："张炎写的《乐府指迷》，他的词用叶音律，善铺张，富藻采，已尽其能事，但是缺乏姿态，欠风流蕴藉。就像在官厨吃饭，不知大鱼大肉之外还有甘美新鲜食物。"这段话引人发笑。

评注

　　陈鸿祥《〈人间词话〉〈人间词〉注评》：人到了"啖官厨饭"，讨吃"牲牢"的残羹馀汁，当然谈不上什么"甘鲜"了。故王国维谓之"此语解颐"，其借贺以贬张之意，是很鲜明的。

【七】

周保绪^①（济）《词辨》云："玉田^②，近人所最尊奉，才情诣力亦不后诸人，终觉积谷作米、把缆放船，无开阔手段。"又云："叔夏^③所以不及前人处，只在字句上著功夫，不肯换意。""近人喜学玉田，亦为修饰字句易，换意难。"

—— 录自《新注》之六十五

注释

① 周保绪：周济。

② 玉田：张炎。

③ 叔夏：张炎。

译文

周保绪（济）《词辨》说："张炎是近人所最尊奉的作家，他的才华和艺术创造力并不比同时代人差，但是他的词却让人觉得太拘谨，比如积蓄谷子做粮食，把住缆绳行船，终究缺乏开阔洒脱的大手笔。"又说："张炎的成就之所以不如前代人，只是因为他偏重字句藻采，不愿在创意上下功夫。""近人喜欢学习张炎，也是因为修饰字句容易，换上新意困难的缘故。"

评注

李梦生《〈人间词话〉导读》：周济的两段评论，分别对张炎的才情及喜修饰字句发表意见。周济是清常州词派的重要理论家、词人。他论词主张比兴，以为"词非寄托不入，专寄托不出"。由此，他批评张炎的才情不比别人差，但是境界窄小；专喜在字句的雕琢上下功夫，却没有新意。

【八】

毛西河[1]《词话》谓:赵德麟[2]作《商调鼓子词》谱西厢传奇，为杂剧之祖。然《乐府雅词》卷首所载秦少游[3]、晁补之[4]、郑彦能[5]（名仅）《调笑转踏》，首有致语，末有放队，每调之前有口号诗，甚似曲本体例。无名氏《九张机》亦然。至董颖《道宫薄媚》大曲咏西子事，凡十只曲，皆平仄通押，竟是套曲。此可与《弦索西厢》同为曲家之革路。曾氏[6]置诸《雅词》卷首，所以别之于词也。颖字仲达，绍兴初人，从汪彦章[7]、徐师川[8]游，彦章为作《字说》。见《书录解题》。

——录自《新注》之八十九

注释

①毛西河：毛奇龄（1623—1713），字大可，号初晴，浙江萧山人。清代经学家、文学家。

②赵德麟：赵令畤，字德麟，北宋词人。

③秦少游：秦观。

④晁补之（1053—1110）：字无咎，号归来子，巨野（今属山东）人。北宋词人。

⑤郑彦能：郑仅，字彦能，北宋词人。

⑥曾氏：曾慥，字伯端。南宋词人。

⑦汪彦章：汪藻（1079—1154），字彦章，德兴（今属江西）人。南宋词人。

⑧ 徐师川：徐俯（？—1140），字师川，黄庭坚外甥。南宋诗人。

毛奇龄在《西河词话》中说：赵令畤作《商调鼓子词》，谱写西厢传奇故事，可以说是杂剧的开山祖师。但是，曾慥《乐府雅词》卷首搜载秦观、晁补之、郑彦能所作《调笑转踏》。开头是教坊致语，末尾放出小儿队，每调之前有口号诗，却颇具曲本的体例。无名氏《九张机》也是这样。至于董颖《道宫薄媚》大曲咏写西子故事，共十曲，平仄通押已是套曲。这类作品可以与《弦索西厢》一起，共同称为曲家的开山之作。曾氏把它们列在《乐府雅词》卷首，正是为了和词相区别。董颖字仲达，绍兴人，曾师事汪彦章、徐师川，彦章为他作《字说》。此事见《直斋书录题解》。

施议对《人间词话译注》：王国维并举秦观、晁补之、郑仅所作《调笑转踏》为例，以为"甚似曲本体例"。此外，王国维还指出，无名氏《九张机》两套曲及董颖《道宫薄媚》大曲，同样也是杂剧先声；总之，王国维认为：鼓子词、大曲、诸宫调均为元杂剧的形式开辟了道路。这是符合杂剧体制发展演化实际的。

【九】

宋人遇令节、朝贺、宴会、落成等事，有"致语"一种。宋子京、欧阳永叔、苏子瞻、陈后山、文宋瑞①集中皆有之。《啸余谱》列之于词曲之间。其式：先教坊致语（四六文），次口号（诗），次勾合曲（四六文），次勾小儿队（四六文），次队名（诗二句），次问小儿、小儿致语，次勾杂剧（皆四六文），次放队（或诗或四六文）。若有女弟子队，则勾女弟子队如前。其所歌之词曲与所演之剧，则自伶人定之。少游、补之②之《调笑》乃并为之作词。元人杂剧乃以曲代之，曲中楔子、科白、上下场诗，犹是致语、口号、勾队、放队之遗也。此程明善《啸余谱》所以列致语于词曲之间者也。

——录自《新注》之九十

注释

① 宋子京、欧阳永叔、苏子瞻、陈后山、文宋瑞：宋祁、欧阳修、苏轼、陈师道、文天祥。

② 少游、补之：秦观、晁补之。

译文

宋人遇到节日、朝贺仪式、宴会、落成典礼等事情，常用"致语"形式表示祝贺。宋祁、欧阳修、苏轼、陈师道、文天祥写的作品集子中都有致语。《啸余谱》将它列于词曲之间。它的表现形式是：以四六文体先上教坊致辞，再是念口号（近诗体），报告今日节目。口号结束，接着演奏勾合曲（四六文）。演奏结束，勾出小儿队（四六文），而后演其队名（诗二句），并问小儿队来意，而后小儿致语。致语结束，始勾杂剧（都是四六文），放小儿队（有的是诗，有的是四六文），表示搬演结束。这里，若所勾为女童，就引出女弟子队从头搬演一遍。在整个搬演过程中所歌唱的词曲和所演出的杂剧，都是教坊伶人歌伎所确定的。秦观、晁补之的《调笑转踏》都配上短句填词。

元人杂剧则用曲代替词。曲中的楔子、科白、上下场诗，就如同是致语、口号、勾队、放队一样。这就是程明善的《啸余谱》之所以将致语列在词与曲之间的缘故。

彭玉平《人间词话》：此则列出词—致语—曲的演变轨迹，补足上文，从体制上说明词、曲之联系与区别。点明"致语"创作与令节、朝贺、宴会、落成等事有关，因事关喜庆，故衍词成曲时参杂若干故事，以唤起兴趣。

【十】

明顾梧芳刻《尊前集》二卷，自为之引。并云：明嘉禾顾梧芳编次。毛子晋刻《词苑英华》，疑为梧芳所辑。朱竹垞跋称：吴下得吴宽手钞本，取顾本勘之，靡有不同，因定为宋初人编辑。

《提要》两存其说。案《古今词话》云："赵崇祚《花间集》载温飞卿《菩萨蛮》甚多，合之吕鹏《尊前集》不下二十阕。"今考顾刻所载飞卿《菩萨蛮》五首，除"咏泪"一首外，皆《花间》所有，知顾刻虽非自编，亦非复吕鹏所编之旧矣。《提要》又云："张炎《乐府指迷》虽云唐人有《尊前》《花间集》，然《乐府指迷》真出张炎与否，盖未可定。陈振孙《书录解题》'歌词类'以《花间集》为首，注曰：此近世倚声填词之祖，而无《尊前集》之名。不应张炎见之，而陈振孙不见。"然《书录解题》"阳春集"条下引高邮崔公度语曰："《尊前》《花间》往往谬其姓氏。"公度元（按：原误作"公"）祐[①]间人，《宋史》有传。

北宋固有此书，不过直斋未见耳。又案：黄昇《花庵词选》

李白《清平乐》下注云："翰林应制"。又云："案：唐吕鹏《过云集》载应制词四首，以后二首无清逸气韵，疑非太白所作。"云云。今《尊前集》所载太白《清平乐》有五首，岂《尊前集》一名《过云集》，而四首五首之不同，乃花庵所见之本略异欤？又，欧阳炯②《花间集序》谓："明皇朝有李太白应制《清平乐》四首。"则唐末时只有四首，岂末一首为梧芳羼入，非吕鹏之旧欤？

——录自《新注》之九十二

注释

① 元祐（1086—1094），北宋哲宗赵煦年号。

② 欧阳炯（896—971），益州华阳（今四川成都）人。词人。

译文

明代顾梧芳刻《尊前集》二卷，有梧芳自序，称：明嘉禾顾梧芳编次。毛晋刻《词苑英华》，怀疑此集是梧芳所编辑。朱彝尊跋此集称：我在江苏时，曾得到吴宽的手抄本，用它与顾本相互勘定，没有不相同的，所以断定此集为宋人所编辑。

《四库全书总目提要》两说并存。按《古今词话》说：赵崇祚《花间集》载温庭筠《菩萨蛮》多首，包括吕鹏《尊前集》所载，不少于二十首。今考顾刻本所载飞卿《菩萨蛮》五首，除"咏泪"一首外，其余《花间集》都有，由此可见，顾刻本虽然不是顾氏自己编的，但也不是吕鹏以前编辑的那个样子。《四库全书总目提要》又说："张炎《乐府指迷》虽说唐人有《尊前集》《花间集》，但《乐府指迷》是否出自张炎，尚不能确定。陈直斋（振孙）《直斋书录解题》'歌词类'将《花间集》列于首位，注明，这是近世倚声填词的开山祖师，而不载《尊前集》名。不应该是张炎见到《尊前集》而陈振孙反倒未见到。"但是，《直斋书录解题》在"阳春集"条下引用高邮崔公度的话说:"《尊前集》《花间集》经常把作者的姓氏搞错了。"公度为元祐年间人士,《宋史》有传。

那么,宋代已有《尊前集》,大概是这集子陈直斋不曾看见罢了。又按:黄昇《花庵词选》于李白《清平乐》下注明"翰林应制"。又说:"唐吕鹏《遏云集》载录应制词四首,由于后面二首缺乏清高俊逸的气度与风韵,怀疑并非李太白所作。"而今本《尊前集》所录李太白《清平乐》共五首,难道是由于《尊前集》又名《遏云集》吗?而四首与五首的区别,是不是因为黄昇所见刻本不同呢?此外,欧阳炯《花间集序》称:"唐明皇时期有李太白应制的《清平乐》四首。"是不是唐代末期只有四首,而最后一首是顾梧芳羼入的,不是吕鹏旧本有的?

评注

谢桃坊《试评王国维关于唐五代词的研究》:王国维在《词录》里首列的词集是温庭筠的《金荃词》一卷,而在《唐五代二十一家词辑》里首列的是南唐二主词,这是由于受尊崇帝王的封建思想的影响所致。

闵定庆《探索王国维词学体系的另一个维度——〈词录〉与王国维"为学三变"的文献学取向》:王国维直接找到《直斋书录解题》《阳春集》条下引用宋元祐崔公度"《尊前》《花间》,往往谬其姓氏"一语,足以攻破《提要》的说法,同时,他指出北宋时已有《尊前集》的流传,不过是陈振孙未见此书罢了,在这一考证成果的基础上自然得出了"《提要》之言殊为未允"的结论。

【十一】

《提要》载:"《古今词话》六卷,国朝沈雄纂。雄字偶僧,吴江人。是编所述上起于唐,下迄康熙中年。"然维见明嘉靖前白口本《笺注草堂诗余》林外《洞仙歌》下引《古今词话》云:"此词乃近时林外题于吴江垂虹亭。"(明刻《类编草堂诗余》亦同)案:升庵《词品》云:"林外,字岂尘,有《洞仙歌》书于垂虹亭畔。作道装,不告姓名,饮醉而去。人疑为吕洞宾。传入宫中。孝宗笑曰:'云崖洞天无锁。''锁'与'老'协韵,则'锁'音'扫',乃闽音也。侦问之,果闽人林外也。"(《齐东野语》所载亦略同。)则《古今词话》宋时固有此书。岂雄窃此书而复益以近代事欤? 又,《季沧苇书目》载《古今词话》十卷,而沈雄所纂只六卷,益证其非一书矣。

——录自《新注》之九十三

译文

《四库全书总目提要》载:"《古今词话》六卷,清朝沈雄编纂,雄字偶僧,吴江人。此书所记述,上起于唐,下至于康熙中期。"但是我见到明嘉靖年前刊的白口本《笺注草堂诗余》,有林外《洞仙歌》一词,曾引用《古今词话》语称:"这是近时林外题在吴江垂虹亭上的一首词。"(明刻本《类编草堂诗余》也有此注文。)据杨慎《词品》称:"林外,字岂尘,有《洞仙歌》一词题于垂虹亭旁。林氏道家打扮,不露姓名,酒醉后离去。人们疑是吕洞宾。这首词传入宫中,孝宗笑着说:'云崖洞天无锁。''锁'字与'老'字韵部不同而互相取叶韵,就是将'锁'读作'扫',

这是闽人之音。经过询查，林外确实是福建人。"(《齐东野语》所记载的也大致相同。)由此可见，《古今词话》一书宋时已有，是不是沈雄窃取古书而添上近代的事实呢？而且，季振宜所撰《季沧苇书目》著录《古今词话》十卷，而沈雄所纂只有六卷（实为八卷），更可证实二者并非同一部书。

【评注】

陈鸿祥《〈人间词话〉〈人间词〉注评》：王国维所见明嘉靖年间刊行《草堂诗余》录载《洞仙歌》，已引《古今词话》；清人季振宜所编书目载《古今词话》一〇卷，而沈雄《古今词话》仅八卷；且所载事迄于康熙中年，故可证"非一书"，即同其名而异其书。

沈雄《古今词话·凡例》：词话者，旧有《古今词话》一书，撰述名氏久矣失传，又散见一二则于诸刻。兹仍旧名，而断自六朝，分为四种。据旧辑及新钞者，前后登之，一见制词之原委，一见命调之异同，僭为纂述，以鸣一时之盛。

【十二】

《楚辞》之体，非屈子①所创也。《沧浪》《凤兮》之歌，已与三百篇异，然至屈子而最工。五七律始于齐、梁而盛于唐。词源于唐而大成于北宋。故最工之文学，非徒善创，亦且善因。

—— 录自《新注》之一零九

【注释】

① 屈子：屈原。

译文

楚辞的文学样式，不是屈原所开创的。《沧浪》《凤兮》等楚歌已经和《诗经》有差异了，然而到了屈原手中才最精致工巧。五律七律开始于齐、梁，然后在唐代繁盛。词起源于唐朝，而在北宋大成气候。所以最优秀精致工巧的文学样式，不仅仅是善于开创，并且也善于继承。

评注

许霆《百年中国现代诗学起点论》：在王国维看来，文学发展的趋势是不断革新、不断前进的过程，因此今胜于古，诗歌的发展是以各种不同样式的兴衰交替的形式实现的；文体以新革旧、不断前进不应割断前与后、新与旧的联系，"最工之文学，非徒善创，亦且善因"。

赵逵夫《〈离骚〉在中国和世界文学史上的地位与对新诗发展的启迪》：艺术的创造必须考虑多少年来人们头脑中已经形成的审美习惯。人创造艺术，艺术也创造欣赏艺术的人。传统艺术形式所造就的广大人民群众，难以接受完全不合自己欣赏心理和艺术趣味的东西，那些东西也难以在读者、观众、听众心中激起情感的涟漪。

【十三】

金朗甫[①]作《词选后序》，分词为淫词、鄙词、游词三种。词之弊尽是矣。五代、北宋之词，其失也淫。辛、刘[②]之词，其失也鄙。姜、张[③]之词，其失也游。

——录自《新注》之一二二

① 金朗甫：金应珪，清代词人。

② 辛、刘：辛弃疾、刘过。

③ 姜、张：姜夔、张炎。

译文

　　金朗甫《词选后序》将词分作"淫词""鄙词"与"游词"三种。词的弊病全在这三者里面。五代、北宋时期的词，它们的弊病是太过淫荡。辛弃疾、刘过的词，它们的弊病是过于粗鄙。姜夔、张炎的词，它们的弊病是言不由衷。

评注

　　罗钢《"词之言长"——王国维与常州词派之二》：王国维认为"淫词"和"鄙词"都可以得到宽宥，因为"淫""鄙"都是道德评价，王国维不肯放过的是"游词"，因为"虑叹不与乎情，哀乐不衷其性"的"游词"违背了情感的真实性这唯一的标准，所以王国维把一切罪名都安在它头上，甚至"淫词"与"鄙词"之病，"非淫与鄙之病，乃游词之病也"。

　　施议对《人间词话译注》：王国维曾说：淫词与鄙词之病，非淫与鄙之病，乃游词之病也。王国维认为：淫词与鄙词之所以可厌恶，就因为其并非"热心为之"，因为其失真。因此，所谓淫词、鄙词与游词，其要害就在一个"假"字。

结　语

　　《人间词话》成书于1908年，是著名国学大师王国维所著的一部文学批评著作。王国维接受了西洋美学思想的洗礼后，以崭新的眼光对中国旧文学作了评论。表面上看，《人间词话》与中国相袭已久的诗话、词话一类作品的体例、格式，并无显著的差别，实际上，它已初具理论体系，在旧时诗词论著中，称得上一部屈指可数的作品。甚至在词论界里，许多人把它奉为圭臬，把它的论点作为词学、美学的根据，影响很是深远。因此，王国维的《人间词话》被称为晚清以来最有影响的著作之一。

附 录

王国维生平年表

1877年12月3日（农历十月二十九），出生于浙江省海宁州城（今海宁市盐官镇）双仁巷旧宅，书香世家。初名国桢，后改国维。

1886年，全家迁居城内西隅周家兜新宅，此处后成为王国维故居纪念馆。少年时代与陈守谦、叶宜春、诸嘉猷被誉为"海宁四才子"。

1892年7月，入州学，参加海宁州岁考试，以第21名高中秀才。

1893年3月，赴省城杭州应乡试不中，肄业于杭州崇文书院。

1894年，甲午战争，清军战败后，西学之风起，王国维认识到新的文化和思想，研读了《盛世危言》《时务报》《格致汇编》等。

1895年，19岁成婚，妻子莫氏。

1897年9月，再次参加乡试未果。年底与同乡张英甫等筹划创立海宁师范学堂，未成。

1895至1897年，这一期间撰成《咏史》诗20首，后来发表于《学衡》（1928年第66期）。被吴宓称赞为"分咏中国全史，议论新奇正大"。

1898年正月，由其父亲王乃誉亲自陪送，由水路抵沪，入《时务报》馆。二月，入罗振玉所办东文学社。这一年戊戌变法，六君子遇害，王国维深感不平，"颇有扼腕槌胸、搔首问天之慨"（据王乃誉《日记》）。

1899年，随东文学社搬到江南制造局的桂墅里，勤奋好学。为东文学社印的《支那通史》《东洋史要》撰序。

1900年，义和团运动。东文学社在这一年秋季停办。12月赴日本东京物理学校学习。

随后几年，王国维的主要工作是编译，在编译时他加进不少自己的论述，用浅显易懂的词汇介绍了大量近代西方学人及国外科学、哲学、教育学、美学、文学等领域的先进思想。

1902年2月，王国维离开海宁经上海前往日本留学。得藤田丰八的介绍，入东京物理学校肄业。颇以学习几何为苦。留四五月而脚气病大作，依罗振玉之劝，于同年夏天归国，协助罗振玉编译《农学报》《教育世界》杂志。这一年撰写《崇正讲舍碑记略》，翻译《教育学》《算术条目及教授法》。

1902年，翻译《教育学教科书》。

1903年3月，经罗振玉推荐，入职通州师范学堂。撰写《哲学辨惑》《论教育之宗旨》《叔本华像赞》《汗德像赞》。翻译《西洋论理学史要》。

1904年，代罗振玉为《教育世界》主编。8月，到罗振玉（自任监督）在苏州创办的江苏师范学堂任教。撰写《孔子之美育主义》《就伦理学上之二元论》（后易名为《论性》）《尼采之教育观》《叔本华之遗传说》《教育偶感二则》《汗德之哲学说》《汗德像赞》《叔本华之哲学及其教育学说》《国朝汉学派戴阮二家之哲学说》《红楼梦评论》《书叔本华遗传说后》《叔本华与尼采》《释理》。

1905年，致力于研读康德学说。9月，汇编1904年以来刊于《教育世界》的文章12篇，是为《静庵文集》。附古今体诗50首，名《静庵诗稿》。这一年撰写《周秦诸子之名学》《子思之学说》《孟子之学说》《荀子之学说》《论近年之学术界》《论新学语之输入》《论哲学家及美术家之天职》《论平凡之教育主义》《静庵文集自序》。

1906年春，随罗振玉进京。4月，集数年间（1904—1906）所填词61阕成《人间词甲稿》刊行。8月，其父病故，奔丧归里，并为之守制。撰写《教育小言十二则》《奏定经学科大学文学科大学章程书后》《教育家之希尔列尔（即席勒）传》《德国哲学大家汗德传》《墨子之学说》《老子之学说》《汗德之伦理学及宗教论》《原命》《去毒篇（鸦片烟之根本治疗法及将来教育上之注意）》《孟子之伦理思想一斑》《列子之学说》《纪言》《论普及教育之根本办法（条陈学部）》《教育小言十则》《文学小言十七则》《屈子文学之精神》。

1907 年，4 月，自海宁返京，住罗家。不久，经罗振玉引荐，得识学部尚书兼军机大臣荣禄，甚为其赏识。未几，得在学部总务司行走，任学部图书编译局编译，主编译及审定教科书等事。6 月发表《三十自序二》，言其由哲学转向文学，并有志于戏曲之研究，这标志着他学术研究的一次转折。7 至 8 月，因其夫人莫氏病亡而归省，事毕即返京。11 月，汇集 1906 年 5 月至 1907 年 10 月间所填词 43 阕，成《人间词乙稿》。这一年撰写《教育小言十三则》《人间嗜好之研究》《三十自序一、二》《论小学校唱歌科之材料》《教育小言十则》《书辜氏汤生英译〈中庸〉后》《孔子之学说》。

1908 年 1 至 2 月间，王国维太夫人病故，奔丧返里。3 月，与继室潘夫人完婚。4 月，携眷北上返京，赁屋于宣武门内新帘子胡同。

1911 年辛亥革命后，清政府解体，王国维携全家随罗振玉东渡日本，侨居四年有余。在罗振玉的帮助下，有机会静下心来做学问，研究方向转向经史、小学等。他与罗振玉一家相邻，平时互相切磋，往返论学，协助罗氏整理大云书库藏书，得以尽窥其所藏彝器及其他石器物拓本，并与日本学者广泛交流。这一时期，他的生活颇安定，学术上也更有成就，他自述此间"生活最为简单，而学问则变化滋甚。成书之多，为一生冠"。只因生计问题，有同乡邹安邀其返沪，为英国人哈同编《学术丛编》杂志，遂于 1916 年回国。

1921 年年初，马衡受北京大学委托，再次来书邀王国维出任北大文科教授，为其所拒。

1922 年年初，王国维允任北京大学研究所国学门通讯导师，但没有接受酬金。

1923 年春，当时溥仪要选海内硕学之士，王国维经升允推荐，到北京充任逊帝溥仪的"南书房行走"。按清代惯例，在南书房工作，大都应是进士、翰林以上学问渊博的著名人物，王国维虽只是布衣出身，以他的学识，与杨钟羲、景方、温肃三人同时入南书房工作，有幸得窥大内所藏，曾检理景阳宫藏书。

1924 年冬天，冯玉祥发动"北京政变"，驱逐溥仪出宫。王国维引为奇耻大辱，愤而与罗振玉等前清遗老相约投金水河殉清，因阻于家人而未果。

1925 年 2 月，清华委任吴宓筹办研究院，并拟聘王国维为导师。王国维在请示溥仪后就任。此后治学转入西北地理及元史。9 月 14 日，国学研究院普通演讲正式开始，王国维讲《古史新证》。10 月 15 日，加授《尚书》课程。与梁启超、陈寅恪、赵元任、李济（一说吴宓）被称为"五星聚奎"的清华五大导师，桃李门生、私淑弟子遍充几代中国史学界。

1927 年 6 月 2 日。王国维早起盥洗完毕，即至饭厅早餐，餐后至书房小坐。王国维到达办公室，准备给毕业研究生评定成绩，但是发觉试卷、文章未带来，命研究院的听差从家中取来。卷稿取来后，王国维很认真地进行了评定。随后，王国维和研究院办公处的侯厚培共谈下学期招生事，相谈甚久，言下，欲借洋二元，侯给了五元钞票，王国维即出办公室，雇了一辆人力车，前往颐和园。王国维吸完一根烟，跃身头朝下扎入水中，于园中昆明湖鱼藻轩自沉。事后人们在其内衣口袋内发现遗书，遗书中写道"五十之年，只欠一死。经此世变，义无再辱"，短短数言，却给了后人无数的猜测。

清废帝溥仪事后赐王国维谥号为"忠悫"。

1927年6月3日，王国维入殓，停灵于成府街之刚秉庙，7日，罗振玉来京为其经营丧事，16日举办悼祭。8月14日，王国维被安葬于清华园东二里许西柳村七间房之原。

1928年6月3日，王国维逝世一周年忌日，清华立《海宁王静安先生纪念碑》，碑文由陈寅恪撰，林志钧书丹，马衡篆额，梁思成设计。

王国维小传

王国维（1877—1927），初名国桢，字伯隅、静安，号礼堂、观堂、永观，浙江海宁人。近代中国最早试图以西方哲学、美学、文学理论评鉴中国古典文学的杰出学者，中国人心中最耀眼的国学巨匠之一。

他幼年苦读，考中秀才（1892）。后屡应乡试不中，遂于戊戌风气变化之际弃绝科举。22岁起，他至上海《时务报》馆充书记校对。利用公余，他到罗振玉办的"东文学社"研习外交与西方近代科学，结识主持人罗振玉，并在罗振玉资助下于1902年赴日本留学。

几月后，王国维因脚气病大作从日本归国。后又在罗振玉推荐下执教于南通、江苏师范学校，讲授哲学、心理学、伦理学等，复埋头文学研究，开始其"独学"阶段。

1906年随罗振玉入京，任清政府学部总务司行走、图书馆编译、名词馆协韵等。其间，著《人间词话》《宋元戏曲史》等名著。

1911年辛亥革命后，王国维携生平著述62种（收入其《遗书》的有42种，以《观堂集林》最为著名。）随儿女亲家罗振玉逃居日本京都，从此以前清遗民处世。其时，在学术上穷究于甲骨文、金文、汉简等研究。1916年，应上海著名犹太富商哈同之聘，返沪任仓圣明智大学教授，并继续从事甲骨文、考古学研究。1922年受聘北京大学国学门通讯导师。翌年，由蒙古贵族、大学士升允举荐，与罗振玉、杨钟羲、袁励准等应召任清逊帝溥仪"南书房行走"，食五品禄。1924年，冯玉祥发动"北京政变"，驱逐溥仪出宫。王国维引为奇耻大辱，愤而与罗振玉等前清遗老相约投金水河殉清，因阻于家人而未果。

1925 年，王国维受聘任清华研究院导师，教授《古史新证》《尚书》《说文》等，与梁启超、陈寅恪、赵元任、李济被称为"五星聚奎"的清华五大导师，桃李门生、私淑弟子遍充几代中国史学界。

1927 年 6 月，国民革命军北上时，王国维留下"经此世变，义无再辱"的遗书，投颐和园昆明湖自尽。在其 50 岁人生学术鼎盛之际，为国学史留下了最具悲剧色彩的"谜案"。

作为中国近代著名学者，王国维从事文史哲学数十载，是近代中国最早运用西方哲学、美学、文学观点和方法剖析评论中国古典文学的开风气者，又是中国史学史上将历史学与考古学相结合的开创者，确立了较系统的近代标准和方法。这位集史学家、文学家、美学家、考古学家、词学家、金石学家和翻译理论家于一身的学者，生平著述 62 种，批校的古籍逾 200 种。被誉为"中国近三百年来学术的结束人，最近八十年来学术的开创者"。梁启超赞其"不独为中国所有而为全世界之所有之学人"，而郭沫若先生则评价他"留给我们的是他知识的产物，那好像一座崔嵬的楼阁，在几千年的旧学城垒上，灿然放出了一段异样的光辉"。

其所著的《人间词话》是中国古典文艺美学史上的扛鼎之作，具有里程碑式的重要意义。

王国维遗书

　　五十之年，只欠一死；经此世变，义无再辱！我死后，当草草棺殓，即行藁葬于清华茔地。汝等不能南归，亦可暂于城内居住。汝兄亦不必奔丧，因道路不通，渠又不曾出门故也。书籍可托陈（寅恪）、吴（宓）二先生处理。家人自有人料理，必不至不能南归。我虽无财产分文遗汝等，然苟谨慎勤俭，亦必不至饿死也。

海宁王静安先生纪念碑铭文

海宁王先生自沉后二年，清华研究院同人咸怀思不能自已。其弟子受先生之陶冶煦育者有年，尤思有以永其念。佥曰：宜铭之贞珉，以昭示于无竟，因以刻石之词命寅恪，数辞不获已，谨举先生之志事，以普告天下后世。其词曰：

士之读书治学，盖将以脱心志于俗谛之桎梏，真理因得以发扬。

思想而不自由，毋宁死耳。斯古今仁圣所同殉之精义，夫岂庸鄙之敢望。

先生以一死见其独立自由之意志，非所论于一人之恩怨，一姓之兴亡。

呜呼！树兹石于讲舍，系哀思而不忘。表哲人之奇节，诉真宰之茫茫。

来世不可知者也。先生之著述，或有时而不章；先生之学说，或有时而可商。

惟此独立之精神，自由之思想，历千万祀，与天壤而同久，共三光而永光。